D1983906

Titelrezept

Pflaumenmus-Sahne-Torte

Zubereitungszeit:
30 Minuten

Backzeit:
etwa 40 Minuten

Für den Biskuitteig:
8 *Eier (Größe M)*
8 EL *heißes Wasser*
300 g *Zucker*
2 Pck. *Dr. Oetker Vanillin-Zucker*
300 g *Weizenmehl*
2 gestr. TL *Dr. Oetker Backin*
200 g *abgezogene, gemahlene Mandeln*

Für die Füllung:
500 g *Pflaumenmus (aus dem Glas)*
800 ml *Schlagsahne*
4 Pck. *Dr. Oetker Sahnesteif*
80 g *Zucker*
6 EL *Zwetschenwasser*

Zum Bestreuen:
100 g *abgezogene, gehobelte Mandeln*

Zum Verzieren:
75 g *Zartbitter-Schokolade*

Insgesamt:
E: 168 g, F: 488 g, Kh: 947 g, kJ: 38044, kcal: 9085

1. Für den Teig Eier und Wasser in einer Rührschüssel mit Handrührgerät mit Rührbesen auf höchster Stufe in 1 Minute schaumig schlagen. Zucker mit Vanillin-Zucker mischen, in 1 Minute unter Rühren einstreuen, dann noch etwa 2 Minuten schlagen.

2. Mehl mit Backpulver mischen. Die Hälfte davon auf die Eiercreme sieben und kurz auf niedrigster Stufe unterrühren. Restliches Mehlgemisch auf die gleiche Weise unterarbeiten. Mandeln unterheben. Den Teig in eine Springform (Ø 28 cm, mit Backpapier belegt) geben und glattstreichen. Die Form auf dem Rost in den vorgeheizten Backofen schieben.

Ober-/Unterhitze: etwa 180 °C
Heißluft: etwa 160 °C
Backzeit: etwa 40 Minuten.

3. Den Biskuitboden aus der Form lösen und auf einen Kuchenrost stürzen. Biskuitboden erkalten lassen. Mitgebackenes Backpapier abziehen. Biskuitboden zweimal waagerecht durchschneiden.

4. Für die Füllung den unteren Boden auf eine Tortenplatte legen und mit der Hälfte des Pflaumenmuses bestreichen.

5. Sahne mit Sahnesteif und Zucker in 2 Portionen steif schlagen. Etwas von der Sahne auf das Pflaumenmus streichen. Den mittleren Boden darauflegen und mit Zwetschenwasser beträufeln.

6. Restliches Pflaumenmus auf dem beträufelten Boden verteilen und dünn mit etwas von der Sahne bestreichen. Den oberen Boden darauflegen und leicht andrücken. Tortenrand und -oberfläche mit der restlichen Sahne bestreichen. Den Tortenrand mit den Mandeln bestreuen.

7. Zum Verzieren Schokolade in Stücke brechen, in einem kleinen Topf im Wasserbad bei schwacher Hitze unter Rühren schmelzen. Die Tortenoberfläche damit besprenkeln. Schokolade fest werden lassen.

Dr. Oetker

Die beliebtesten Rezepte

Backen auf dem Lande

Dr. Oetker

Die beliebtesten Rezepte

Backen auf dem Lande

Dr. Oetker Verlag

Die beliebtesten Backrezepte vom Lande

Lassen Sie sich zu einem sommerlichen Ausflug raus aus der Stadt verführen und genießen Sie leckere Kuchen und Torten vom Lande. Da wo noch überlieferte Gebäcke gezaubert werden und die Kalorienfrage nicht unbedingt die Auswahl bestimmt.

Die Rezepte für die leckeren Torten und Kuchen sind oft regionale Köstlichkeiten, die sich in der Familie weitervererbt haben. Sie werden auch in den Land- und Hofcafés serviert, die häufig einer Landwirtschaft angegliedert sind. So werden dort heimische Produkte verarbeitet, das Obst der Saison verbacken und Spezial-Rezepte der Landfrauen serviert.

Sie finden hier wiederentdeckte und neu entwickelte Rezepte, Bewährtes und fast Vergessenes. Alle Rezepte wurden von uns nachgebacken und so beschrieben, dass sie garantiert gelingen.

Guten Appetit!

Gut vorzubereiten – mit Alkohol

Lagentorte mit Weincreme

Zubereitungszeit:
90 Minuten, ohne Kühlzeit

Backzeit:
etwa 10 Minuten je Boden

Für den Rührteig:

250 g	Butter oder Margarine
250 g	Zucker
1 Pck.	Dr. Oetker Vanillin-Zucker
5 Eier	(Größe M)
375 g	Weizenmehl
1 Pck.	Dr. Oetker Backin

Für die Weincreme:

1 Pck.	Dr. Oetker Pudding-Pulver Vanille-Geschmack
500 ml (½ l)	Weißwein
2	Eigelb (Größe M)
100 g	Zucker
2	Eiweiß (Größe M)
250 g	Butter

Für den Guss:

50 g	Zartbitter-Kuvertüre

Insgesamt:
E: 82 g, F: 498 g, Kh: 683 g, kJ: 33230, kcal: 7938

1. Für den Teig Butter oder Margarine in einer Rührschüssel mit Handrührgerät mit Rührbesen auf höchster Stufe geschmeidig rühren. Nach und nach Zucker und Vanillin-Zucker unterrühren. So lange rühren, bis eine gebundene Masse entstanden ist.

2. Eier nach und nach unterrühren (jedes Ei etwa ½ Minute). Mehl mit Backpulver mischen, sieben, in 2 Portionen kurz auf mittlerer Stufe unterrühren.

3. Aus dem Teig 7 Böden backen. Dafür je ein Siebtel des Teiges auf den Boden einer Springform (Ø 26 cm, Boden gefettet) streichen. Die Springformböden ohne Springformrand auf dem Rost (bei Heißluft 2 Böden zusammen) in den vorgeheizten Backofen schieben. Die weiteren Böden auf die gleiche Weise backen.

Ober-/Unterhitze: etwa 200 °C
Heißluft: etwa 180 °C
Backzeit: etwa 10 Minuten je Boden.

4. Die Böden jeweils sofort vom Springformboden lösen und einzeln auf je einem Kuchenrost erkalten lassen.

5. Für die Weincreme Pudding-Pulver mit etwas Weißwein, Eigelb und Zucker anrühren. Restlichen Wein in einem Topf zum Kochen bringen. Topf von der Kochstelle nehmen, angerührtes Pudding-Pulver einrühren und unter Rühren nochmals kurz aufkochen lassen. Butter unter die heiße Creme rühren und Eischnee unterheben. Die Weißweincreme lauwarm abkühlen lassen.

6. Die einzelnen Böden mit der lauwarmen Weincreme bestreichen und zu einer Torte zusammensetzen. Die oberste Schicht sollte aus einem Boden bestehen. Die Torte etwa 1 Stunde kaltstellen.

7. Für den Guss Kuvertüre in kleine Stücke hacken, in einem kleinen Topf im Wasserbad bei schwacher Hitze schmelzen. Den oberen Boden mit der Kuvertüre verzieren. Guss fest werden lassen.

Tipp: 200 g Edelbitter-Schokolade (z. B. 70 %) und 2 Teelöffel Speiseöl in einem kleinen Topf im Wasserbad schmelzen. Die Torte damit überziehen, dann hält sie länger frisch und trocknet nicht aus.

Mit Alkohol – etwas aufwändiger

Rum-Flockentorte

Zubereitungszeit:
80 Minuten, ohne Kühlzeit

Backzeit:
Brandteig: 20–25 Minuten je Boden
Knetteig: etwa 15 Minuten

Für den Brandteig:

125 ml (⅛ l)	Wasser
25 g	Butter
	Salz, Zucker
75 g	Weizenmehl
15 g	Speisestärke
2–3	Eier (Größe M)
1 Msp.	Dr. Oetker Backin

Für den Knetteig:

150 g	Weizenmehl
50 g	Zucker
1 TL	abgeriebene Zitronenschale von 1 Bio-Zitrone (unbehandelt, ungewachst)
1	Ei (Größe M)
80 g	Butter oder Margarine

Für die Kirschfüllung:

1 Glas	Sauerkirschen (Abtropfgewicht 370 g)
250 ml (¼ l)	Sauerkirschsaft (aus dem Glas)
30 g	Speisestärke
1 Msp.	gemahlener Zimt
1 EL	Zucker

Für die Rumcreme:

6 Blatt	weiße Gelatine
1 Pck.	Dr. Oetker Pudding-Pulver Vanille-Geschmack
375 ml (⅜ l)	Milch
80 g	Zucker
Mark von 1	Vanilleschote
100 ml	Rum
750 g	Schlagsahne
80 g	abgezogene, gehobelte, gebräunte Mandeln
	gesiebter Puderzucker

1. Für den Brandteig Wasser mit Butter, je einer Prise Salz und Zucker am besten in einem Stieltopf zum Kochen bringen. Topf von der Kochstelle nehmen. Mehl mit Speisestärke mischen, sieben und auf einmal in die heiße Flüssigkeit geben. Alles zu einem glatten Teigkloß verrühren, dann etwa 1 Minute unter ständigem Rühren erhitzen (abbrennen) und in eine Schüssel geben. Nach und nach Eier mit Handrührgerät mit Knethaken auf höchster Stufe unterarbeiten. Der Teig muss stark glänzen und so vom Löffel abreißen, dass lange Spitzen hängen bleiben. Backpulver in den erkalteten Teig arbeiten.

2. Aus dem Teig 3 Böden backen. Dazu jeweils ⅓ des erkalteten Teiges auf einen Springformboden (Ø 28 cm, gefettet, gemehlt) streichen (darauf achten, dass die Teiglage am Rand nicht zu dünn ist, damit der Boden nicht zu dunkel wird). Die Springformböden ohne Springformrand nacheinander (bei Heißluft 2 Böden zusammen) auf dem Rost in den vorgeheizten Backofen schieben.

Ober-/Unterhitze: 200–220 °C
Heißluft: 180–200 °C
Backzeit: 20–25 Minuten je Boden.

3. Die Böden sofort nach dem Backen vom Springformboden lösen und einzeln auf einem Kuchenrost erkalten lassen (wichtig, da der Dampf entweichen muss).

4. Für den Knetteig Mehl in eine Rührschüssel sieben. Zucker, eine Prise Salz, Zitronenschale, Ei und Butter oder Margarine hinzufügen. Die Zutaten mit Handrührgerät mit Rührbesen zunächst kurz auf niedrigster, dann auf höchster Stufe gut durcharbeiten.

5. Anschließend auf einer bemehlten Arbeitsfläche zu einem glatten Teig verkneten. Sollte er kleben, ihn in Folie gewickelt eine Zeit lang kalt stellen. Den Teig auf dem Boden einer Springform (Ø 28 cm, gefettet) ausrollen und mehrmals mit einer Gabel einstechen, Springformrand darumstellen. Die Form auf dem Rost in den vorgeheizten Backofen schieben.

Ober-/Unterhitze: 180–200 °C
Heißluft: 160–180 °C
Backzeit: etwa 15 Minuten.

6. Den Boden sofort vom Springformboden lösen, aber darauf erkalten lassen.

7. Für die Kirschfüllung Sauerkirschen in einem Sieb abtropfen lassen, den Saft auffangen und 250 ml (¼ l) davon abmessen (eventuell mit Wasser ergänzen). Speisestärke mit 4 Esslöffeln von dem Saft anrühren. Restlichen Saft mit Zimt und Zucker in einem Topf zum Kochen bringen. Angerührte Speisestärke in den von der Kochstelle genommenen Saft rühren und unter Rühren aufkochen lassen. Topf von der Kochstelle nehmen, Sauerkirschen unterrühren, erkalten lassen.

8. Für die Rumcreme Gelatine in kaltem Wasser nach Packungsanleitung einweichen. Pudding-Pulver mit etwas Milch anrühren. Restliche Milch mit Zucker, Vanillemark und einer Prise Salz in einem Topf zum Kochen bringen. Angerührtes Pudding-Pulver in die von der Kochstelle genommene Milch rühren und unter Rühren gut aufkochen lassen. Gelatine ausdrücken und unter Rühren in der heißen Puddingmasse auflösen, Rum unterrühren. Masse abkühlen lassen, dabei ab und zu umrühren. Sahne steif schlagen. Wenn die Masse anfängt dicklich zu werden, Sahne unterheben.

(Fortsetzung Seite 11)

(Fortsetzung von Seite 9)

9. Den Knetteigboden auf eine Tortenplatte legen, einen Tortenring darumlegen, die Kirschmasse darauf verteilen. Einen Brandteigboden darauflegen, etwas andrücken. Die Hälfte der Rumcreme daraufstreichen, mit dem zweiten Brandteigboden belegen, mit der restlichen Creme bestreichen. Den dritten Boden darauflegen, etwas andrücken, Torte kaltstellen.

10. Tortenring lösen und entfernen. Mandeln gleichmäßig an den Tortenrand drücken. Die Tortenoberfläche mit Puderzucker bestäuben.

Insgesamt:
E: 104 g, F: 412 g, Kh: 555 g, kJ: 28209, kcal: 6739

Gut vorzubereiten – mit Alkohol

Kartoffeltorte

Zubereitungszeit:
30 Minuten, ohne Abkühl- und Durchziehzeit

Backzeit:
50–60 Minuten

Zum Vorbereiten:

250 g	fest kochende Kartoffeln
50 g	Rosinen
40 ml	Rum
6	Eigelb (Größe M)
150 g	Zucker
	Salz
1 Pck.	Dr. Oetker Finesse Geriebene Zitronenschale
50 g	fein gewürfeltes Zitronat
6	Eiweiß (Größe M)
	Salz
40 g	gesiebter Puderzucker

1. Zum Vorbereiten die Kartoffeln waschen, mit Salzwasser bedeckt zum Kochen bringen und zugedeckt etwa 20 Minuten garen. Kartoffeln abgießen, abdämpfen, etwas abkühlen lassen und noch warm pellen. Kartoffeln zugedeckt in einer Schüssel etwa 12 Stunden stehen lassen, dann auf einer Haushaltsreibe fein reiben.

2. Rosinen in eine flache Schale geben, mit Rum beträufeln und etwa 1 Stunde durchziehen lassen.

3. Eigelb mit Handrührgerät mit Rührbesen schaumig rühren. Nach und nach Zucker, Salz, Zitronenschale und Zitronat hinzufügen. Geriebene Kartoffeln und die gut abgetropften Rosinen unterrühren. Eiweiß mit Salz steif schlagen und vorsichtig unterheben.

4. Den Teig in eine Springform (Ø 24 cm, Boden gefettet, mit Backpapier belegt) geben und glattstreichen. Die Form auf dem Rost den vorgeheizten Backofen schieben.

Ober-/Unterhitze: 180–200 °C
Heißluft: 160–180 °C
Backzeit: 50–60 Minuten.

5. Die Torte etwa 5 Minuten in der Form stehen lassen, dann den Rand mit einem Messer lösen. Die Torte auf einen mit Backpapier belegten Kuchenrost stürzen. Den Tortenrand sofort dick mit Puderzucker bestäuben. Torte erkalten lassen.

Tipp: Mit Rum abgeschmeckte Schlagsahne dazureichen.

Insgesamt:
E: 49 g, F: 39 g, Kh: 295 g, kJ: 7425, kcal: 1773

Für Gäste – preiswert

Schneeflockentorte

Zubereitungszeit:
35 Minuten, ohne Kühlzeit

Backzeit:
etwa 30 Minuten

Zum Vorbereiten:

60 g	Kokosraspel
4	Eiweiß (Größe M)
1 Prise	Salz

Für den Rührteig:

125 g	Butter oder Margarine
125 g	Zucker
1 Pck.	Dr. Oetker Vanillin-Zucker
4	Eigelb (Größe M)
100 g	Weizenmehl
1 gestr. TL	Dr. Oetker Backin

Für die Füllung:

3 EL	Sauerkirsch- oder Himbeerkonfitüre
500 g	Schlagsahne
1 Pck.	Dr. Oetker Vanillin-Zucker
2 Pck.	Dr. Oetker Sahnesteif

Zum Bestreuen und Bestäuben:

40 g	Kokosraspel
30 g	Puderzucker

Insgesamt:
E: 55 g, F: 351 g, Kh: 339 g, kJ: 20056, kcal: 4792

1. Zum Vorbereiten Kokosraspel in einer Pfanne ohne Fett hellbraun rösten, herausnehmen und auf einem Teller erkalten lassen. Eiweiß mit Salz steif schlagen.

2. Für den Teig Butter oder Margarine mit Handrührgerät mit Rührbesen auf höchster Stufe geschmeidig rühren. Nach und nach Zucker und Vanillin-Zucker unterrühren. So lange rühren, bis eine gebundene Masse entstanden ist.

3. Eigelb nach und nach unterrühren (jedes Eigelb knapp ½ Minute). Mehl mit Backpulver mischen, sieben und in 2 Portionen auf mittlerer Stufe unterrühren. Kokosraspel und Eischnee vorsichtig unterheben.

4. Den Teig in eine Springform (Ø 26 cm, Boden gefettet) geben und glattstreichen. Die Form auf dem Rost in den vorgeheizten Backofen schieben.

Ober-/Unterhitze: etwa 180 °C
Heißluft: etwa 160 °C
Backzeit: etwa 30 Minuten.

5. Den Tortenboden aus der Form lösen und auf einem Kuchenrost erkalten lassen. Tortenboden einmal waagerecht durchschneiden.

6. Für die Füllung den unteren Boden auf eine Tortenplatte legen und mit Konfitüre bestreichen. Sahne mit Vanillin-Zucker und Sahnesteif steif schlagen. Gut die Hälfte der Sahne auf den unteren Boden streichen und den oberen Boden darauflegen. Tortenoberfläche und -rand mit der restlichen Sahne bestreichen und mit Kokosraspeln bestreuen. Torte etwa 1 Stunde kaltstellen.

7. Die Torte kurz vor dem Servieren mit Puderzucker bestäuben.

Tipp: Nach Belieben 2–3 Esslöffel Kirschkonfitüre durch ein Sieb streichen. Die Tortenoberfläche kurz vor dem Servieren damit verzieren.

Kaiserin-Friedrich-Torte

Zubereitungszeit:
35 Minuten, ohne Kühlzeit

Backzeit:
65–75 Minuten

Für den Rührteig:

125 g	*Kokosfett*
200 g	*Butter*
275 g	*Zucker*
1 Pck.	*Dr. Oetker Vanillin-Zucker*
1 Pck.	*Dr. Oetker Finesse Jamaika-Rum-Aroma*
1 Prise	*gemahlener Ingwer*
1 Prise	*Salz*
5	*Eier (Größe M)*
300 g	*Weizenmehl*
75 g	*Speisestärke*
2 gestr. TL	*Dr. Oetker Backin*
200 g	*gewürfeltes Zitronat (Sukkade)*

Für den Guss:

150 g	*Puderzucker*
2–3 EL	*Zitronensaft*

Zum Garnieren:
Zitronatscheiben (erhältlich im guten Gewürzladen) oder Zitronatwürfel (Sukkade)

Insgesamt:
E: 67 g, F: 329 g, Kh: 871 g, kJ: 28276, kcal: 6756

1. Für den Teig Kokosfettt und Butter zerlassen, in eine Rührschüssel geben, kaltstellen und wieder etwas fest werden lassen. Die Fettmasse mit Handrührgerät mit Rührbesen auf höchster Stufe geschmeidig rühren.

2. Zucker, Vanillin-Zucker, Rum-Aroma, Ingwer und Salz unterrühren. So lange rühren, bis eine gebundene Masse entstanden ist.

3. Eier nach und nach unterrühren (jedes Ei etwa ½ Minute). Mehl mit Speisestärke und Backpulver mischen, sieben, in 2 Portionen auf mittlerer Stufe unterrühren.

4. Zitronat in kleine Würfel schneiden (eventuell 25 g Zitronatwürfel zum Garnieren beiseitelegen) und unter den Teig heben. Den Teig in eine Springform (Ø 26 cm, gefettet) geben und glattstreichen. Die Form auf dem Rost in den vorgeheizten Backofen schieben.

Ober-/Unterhitze: etwa 180 °C
Heißluft: etwa 160 °C
Backzeit: 65–75 Minuten.

5. Die Torte aus der Form lösen und auf einem Kuchenrost erkalten lassen.

6. Für den Guss Puderzucker sieben und mit Zitronensaft zu einer dickflüssigen Masse verrühren. Die Tortenoberfläche mit dem Guss überziehen. Zitronatscheiben in Streifen schneiden. Die Torte mit den Zitronatstreifen oder mit den beiseite gelegten Zitronatwürfeln garnieren. Guss trocknen lassen.

Tipp: Die Torte lässt sich ohne Guss sehr gut einfrieren.

Einfach – mit Alkohol

Ostfriesentorte

Zubereitungszeit:
40 Minuten, ohne Durchzieh- und Abkühlzeit

Backzeit:
25–30 Minuten

Zum Vorbereiten:

125 g	*Rosinen*
125 ml (⅛ l)	*Weinbrand*

Für den Biskuitteig:

4	*Eier (Größe M)*
3–4 EL	*heißes Wasser*
150 g	*Zucker*
1 Pck.	*Dr. Oetker Vanillin-Zucker*
100 g	*Weizenmehl*
100 g	*Speisestärke*
1 gestr. TL	*Dr. Oetker Backin*

Für die Füllung:

600–750 g	*Schlagsahne*
2–3 Pck.	*Dr. Oetker Sahnesteif*
2 Pck.	*Dr. Oetker Vanillin-Zucker*

Zum Garnieren:

25 g	*Rosinen*

Insgesamt:
E: 55 g, F: 236 g, Kh: 472 g, kJ: 19331, kcal: 4618

1. Zum Vorbereiten Rosinen in eine flache Schale geben, mit Weinbrand übergießen und über Nacht durchziehen lassen.

2. Für den Teig Eier und Wasser mit Handrührgerät mit Rührbesen auf höchster Stufe in etwa 1 Minute schaumig schlagen. Zucker und Vanillin-Zucker mischen, in 1 Minute einstreuen, dann noch etwa 2 Minuten schlagen.

3. Mehl mit Speisestärke und Backpulver mischen, die Hälfte davon auf die Eiercreme sieben und kurz auf niedrigster Stufe unterrühren. Restliches Mehlgemisch auf die gleiche Weise unterarbeiten. Den Teig in eine Springform (Ø 26 cm, Boden gefettet, mit Backpapier belegt) geben und glattstreichen. Die Form auf dem Rost in den vorgeheizten Backofen schieben.

Ober-/Unterhitze: etwa 180 °C
Heißluft: etwa 160 °C
Backzeit: 25–30 Minuten.

4. Den Biskuitboden aus der Form lösen und auf einen mit Backpapier belegten Kuchenrost stürzen. Biskuitboden erkalten lassen, dann mitgebackenes Backpapier abziehen. Biskuitboden zweimal waagerecht durchschneiden.

5. Für die Füllung die eingeweichten Rosinen in einem Sieb abtropfen lassen, die Flüssigkeit dabei auffangen. Sahne mit Sahnesteif und Vanillin-Zucker steif schlagen. Unter zwei Drittel der Sahne die Rosinen heben.

6. Den unteren und mittleren Boden mit der aufgefangenen Weinbrandflüssigkeit tränken. Die 3 Tortenböden mit der Rosinensahne zusammensetzen. Tortenoberfläche und -rand mit der restlichen Sahne bestreichen. Mit Hilfe eines Esslöffels Vertiefungen in die Tortenoberfläche drücken. Mit Rosinen garnieren.

Weintrauben-Schmand-Torte

Zubereitungszeit:
65 Minuten, ohne Kühlzeit

Backzeit:
30–45 Minuten

Für den Knetteig:

150 g	Weizenmehl
20 g	Kakaopulver
75 g	Zucker
1 Pck.	Dr. Oetker Vanillin-Zucker
1	Ei (Größe M)
100 g	Butter oder Margarine

Für den Biskuitteig:

2	Eier (Größe M)
2 EL	heißes Wasser
100 g	Zucker
1 Pck.	Dr. Oetker Vanillin-Zucker
75 g	Weizenmehl
50 g	Speisestärke
1 gestr. TL	Dr. Oetker Backin

Für die Füllung:

1 Pck.	gemahlene Gelatine, weiß
4 EL	Wasser
1 Pck.	Saucenpulver Vanille-Geschmack
500 g	Schlagsahne
150 g	Zucker
600 g	Schmand (Sauerrahm)
750 g	Weintrauben, grün und blau
evtl. 2 EL	Zitronensaft

Zum Bestreichen:

2 EL	Nuss-Nougat-Creme

Für den Guss:

1 Pck.	Tortenguss, klar
25 g	Zucker
250 ml (¼ l)	heller Traubensaft

Insgesamt:
E: 73 g, F: 432 g, Kh: 839 g, kJ: 32100, kcal: 7588

1. Für den Knetteig Mehl mit Kakao mischen und in eine Rührschüssel sieben. Zucker, Vanillin-Zucker, Ei und Butter oder Margarine hinzufügen. Die Zutaten mit Handrührgerät mit Rührbesen zunächst kurz auf niedrigster, dann auf höchster Stufe gut durcharbeiten. Anschließend auf einer bemehlten Arbeitsfläche zu einem glatten Teig verkneten. Sollte er kleben, ihn in Folie gewickelt eine Zeit lang kaltstellen.

2. Den Teig auf dem Boden einer Springform (Ø 26 cm, gefettet) ausrollen, Springformrand darumstellen. Die Form auf dem Rost in den vorgeheizten Backofen schieben.

Ober-/Unterhitze: 180–200 °C (vorgeheizt)
Heißluft: 160–180 °C (vorgeheizt)
Backzeit: 10–15 Minuten.

3. Den Gebäckboden vom Springformboden lösen, aber darauf erkalten lassen.

4. Für den Biskuitteig Eier und Wasser in einer Rührschüssel mit Handrührgerät mit Rührbesen auf höchster Stufe in 1 Minute schaumig schlagen. Zucker mit Vanillin-Zucker mischen, in einer Minute unter Rühren einstreuen, dann noch etwa 2 Minuten schlagen.

5. Mehl mit Speisestärke und Backpulver mischen, sieben und kurz auf niedrigster Stufe unterrühren. Den Teig in eine Springform (Ø 26 cm, gefettet, mit Backpapier belegt) geben und glattstreichen. Die Form auf dem Rost in den vorgeheizten Backofen schieben und den Biskuitboden **bei gleicher Temperatureinstellung in 20–30 Minuten** fertig backen.

6. Den Biskuitboden aus der Form lösen und auf einen Kuchenrost stürzen. Mitgebackenes Backpapier abziehen. Biskuitboden erkalten lassen.

7. Für die Füllung Gelatine mit kaltem Wasser in einem kleinen Topf anrühren und 10 Minuten quellen lassen. Aus Saucenpulver, 250 g Sahne und 25 g Zucker nach Packungsanleitung eine Vanillesauce zubereiten. Gequollene Gelatine darin unter Rühren auflösen. Sauce kaltstellen.

8. Wenn die Sauce anfängt dicklich zu werden, Schmand mit restlichem Zucker verrühren und unter die Vanillesauce rühren. Restliche Sahne steif schlagen und unterheben. Nach Belieben etwas Zitronensaft unterrühren.

9. Den Knetteigboden auf eine Tortenplatte legen und mit der Nuss-Nougat-Creme bestreichen, Biskuitboden darauflegen und andrücken. Einen Tortenring darumlegen. Die Vanille-Schmand-Creme auf dem Biskuitboden verteilen.

10. Weintrauben waschen, abtropfen lassen, entstielen, halbieren und entkernen. Traubenhälften gemischt auf der Vanille-Schmand-Creme verteilen.

11. Für den Guss aus Tortengusspulver, Zucker und Traubensaft nach Packungsanleitung einen Guss zubereiten und vorsichtig auf den Weintraubenhälften verteilen. Torte 2 Stunden kaltstellen. Dann den Tortenring vorsichtig lösen und entfernen.

Baileys-Baiser-Torte

Zubereitungszeit:
40 Minuten, ohne Abkühl- und Kühlzeit

Backzeit:
25–30 Minuten

Zum Vorbereiten:

50 g	Kokosraspel

Für den Rührteig:

125 g	Butter oder Margarine
100 g	Zucker
2	Eier (Größe M)
75 g	Weizenmehl
75 g	Speisestärke
1 gestr. TL	Dr. Oetker Backin

Zum Bestreichen und Beträufeln:

100 g	dunkle Kuchenglasur
150 ml	Baileys (Irish-Cream-Likör)
500 g	Schlagsahne
2 Pck.	Dr. Oetker Sahnesteif
etwa 50 g	Fertigbaiser (in Tupfen gespritzt oder als Baiserschalen vom Bäcker)

Insgesamt:
E: 39 g, F: 351 g, Kh: 387 g, kJ: 22033, kcal: 5258

1. Zum Vorbereiten Kokosraspel in einer Pfanne ohne Fett goldbraun rösten, herausnehmen und auf einem Teller erkalten lassen.

2. Für den Teig Butter oder Margarine mit Handrührgerät mit Rührbesen auf höchster Stufe geschmeidig rühren. Nach und nach Zucker unterrühren. So lange rühren, bis eine gebundene Masse entstanden ist. Eier nach und nach unterrühren (jedes Ei etwa ½ Minute).

3. Mehl mit Speisestärke und Backpulver mischen, sieben und in 2 Portionen auf mittlerer Stufe unterrühren. Kokosraspel (1 Esslöffel zum Bestreuen beiseitelegen) unterrühren. Den Teig in eine Springform (Ø 26 cm, Boden gefettet) geben und glattstreichen. Die Form auf dem Rost in den vorgeheizten Backofen schieben.

Ober-/Unterhitze: etwa 180 °C
Heißluft: etwa 160 °C
Backzeit: 25–30 Minuten.

4. Die Form auf einen Kuchenrost stellen. Den Gebäckboden sofort aus der Form lösen und auf einem Kuchenrost erkalten lassen.

5. Zum Bestreichen und Beträufeln die Kuchenglasur im Wasserbad nach Packungsanleitung schmelzen. Die Unterseite des Bodens damit bestreichen und die Glasur fest werden lassen.

6. Den Boden mit der Schokoladenseite nach unten auf eine Tortenplatte legen. Die Oberfläche mehrmals mit einer Gabel einstechen. Nach und nach mit Likör beträufeln.

7. Sahne mit Sahnesteif steif schlagen und in einen Spritzbeutel mit großer Sterntülle füllen. Große Tupfen dicht an dicht auf den getränkten Boden spritzen. Die Torte etwa 30 Minuten kaltstellen.

8. Die Torte kurz vor dem Servieren mit den Baisertupfen (Baiserschalen grob zerkleinern) belegen und mit den beiseite gelegten Kokosraspeln bestreuen.

Haferflockentorte

Zubereitungszeit:
30 Minuten, ohne Abkühlzeit

Backzeit:
etwa 30 Minuten

Für den Belag:

125 g	*Butter*
100 g	*brauner Zucker*
4 EL	*Schlagsahne*
200 g	*kernige Haferflocken*

Für den Rührteig:

200 g	*Butter oder Margarine*
150 g	*brauner Zucker*
1 Pck.	*Dr. Oetker Vanillin-Zucker*
1 Prise	*frisch geriebene Muskatnuss*
3	*Eier (Größe M)*
150 g	*Weizenmehl*
2 gestr. TL	*Dr. Oetker Backin*
100 g	*gemahlene Haselnusskerne*

Zum Verzieren:

50 g	*Zartbitter-Schokolade*
½ TL	*Speiseöl*
etwa 50 g	*ganze Haselnusskerne*

Insgesamt:
E: 86 g, F: 428 g, Kh: 512 g,
kJ: 26216, kcal: 6258

1. Für den Belag Butter, Zucker und Sahne in einem Topf zum Kochen bringen und 1-2 Minuten kochen lassen. Topf von der Kochstelle nehmen, Haferflocken unterrühren und erkalten lassen.

2. Für den Teig Butter oder Margarine in einer Rührschüssel mit Handrührgerät mit Rührbesen auf höchster Stufe geschmeidig rühren. Nach und nach Zucker, Vanillin-Zucker und Muskat unterrühren. So lange rühren, bis eine gebundene Masse entstanden ist. Eier nach und nach unterrühren (jedes Ei etwa ½ Minute).

3. Mehl mit Backpulver mischen, sieben, mit den Haselnusskernen mischen und in 2 Portionen auf mittlerer Stufe unterrühren.

4. Den Teig in eine Springform (Ø 26 cm, Boden gefettet, mit Backpapier belegt) geben und glattstreichen. Die Haferflockenmasse darauf verteilen. Die Form auf dem Rost in den vorgeheizten Backofen schieben.

Ober-/Unterhitze: etwa 180 °C
Heißluft: etwa 160 °C
Backzeit: etwa 30 Minuten.

5. Die Torte in der Form etwas abkühlen lassen. Dann mit Hilfe eines Messers vorsichtig aus der Form lösen. Die Torte auf einem Kuchenrost erkalten lassen. Backpapier entfernen

6. Zum Verzieren Schokolade in kleine Stücke brechen, mit Speiseöl in einem kleinen Topf im Wasserbad bei schwacher Hitze schmelzen. Haselnusskerne unterrühren. Die Tortenoberfläche mit den Schokoladen-Haselnusskernen garnieren. Schokolade fest werden lassen.

Abwandlung: Sie können den Belag auch mit gehobelten Haselnusskernen anstelle von Haferflocken zubereiten.

Tipp: Nach Belieben zusätzlich etwas gemahlenen Zimt unter den Teig rühren. Die Torte hält sich gut verpackt bis zu 1 Woche frisch.

Friesentorte

Zubereitungszeit:
50 Minuten, ohne Ruhe- und Kühlzeit

Backzeit:
etwa 15 Minuten je Boden

Für den Knetteig:
250 g Weizenmehl
1 Msp. Dr. Oetker Backin
2 Pck. Dr. Oetker Vanillin-Zucker
1 Becher (150 g) Crème fraîche
175 g Butter

Für die Streusel:
150 g Weizenmehl
75 g Zucker
1 Pck. Dr. Oetker Vanillin-Zucker
1 Msp. gemahlener Zimt
100 g Butter oder Margarine

Für die Füllung:
500 g Schlagsahne
25 g Zucker
1 Pck. Dr. Oetker Vanillin-Zucker
2 Pck. Dr. Oetker Sahnesteif
450 g Pflaumenmus

Puderzucker

Insgesamt:
E: 59 g, F: 444 g, Kh: 685 g, kJ: 29416, kcal: 7033

1. Für den Knetteig Mehl mit Backpulver mischen und in eine Rührschüssel sieben. Restliche Zutaten hinzufügen und mit Handrührgerät mit Rührbesen zunächst kurz auf niedrigster, dann auf höchster Stufe gut durcharbeiten.

2. Anschließend auf einer bemehlten Arbeitsfläche zu einem glatten Teig verarbeiten. Sollte er kleben, ihn in Folie gewickelt eine Zeit lang kaltstellen.

3. Den Teig in 4 Portionen teilen. Jeweils eine Teigportion auf dem Boden einer Springform (Ø 28 cm, Boden gefettet) ausrollen. Dabei darauf achten, dass der Teigboden am Rand nicht zu dünn ist. Die Teigböden mehrmals mit einer Gabel einstechen. Jeweils den Springformrand darumlegen.

4. Für den Streuselteig Mehl in eine Rührschüssel sieben. Zucker, Vanillin-Zucker, Zimt und Butter oder Margarine hinzufügen. Die Zutaten mit Handrührgerät mit Rührbesen zunächst kurz auf niedrigster, dann auf höchster Stufe zu Streuseln von gewünschter Größe verarbeiten.

5. Die Teigböden jeweils mit einem Viertel der Streusel belegen und etwa 15 Minuten ruhen lassen. Die Formen nacheinander (bei Heißluft 2 Böden zusammen) auf dem Rost in den vorgeheizten Backofen schieben.

Ober-/Unterhitze: etwa 200 °C
Heißluft: etwa 180 °C
Backzeit: etwa 15 Minuten je Boden.

6. Die Gebäckböden sofort aus den Formen lösen und einzeln auf je einem Kuchenrost erkalten lassen (einen Gebäckboden noch heiß in 12 oder 14 Tortenstücke schneiden).

7. Für die Füllung Sahne mit Zucker, Vanillin-Zucker und Sahnesteif steif schlagen und in einen Spritzbeutel mit Sterntülle füllen.

8. Die 3 unzerteilten Tortenböden zunächst mit jeweils einem Drittel von dem Pflaumenmus bestreichen und je ein Drittel der Sahne daraufspritzen. Die Böden zu einer Torte zusammensetzen. Den geschnittenen Boden fächerartig darauflegen. Die Torte 2–3 Stunden kaltstellen.

9. Die Torte vor dem Servieren mit Puderzucker bestäuben.

Tipp: Die Torte lässt sich am besten mit einem Sägemesser schneiden.

Mozarttorte

Zubereitungszeit:
75 Minuten, ohne Kühlzeit

Backzeit:
40–45 Minuten

Für den Knetteig:
150 g Weizenmehl
40 g Zucker
2 Pck. Dr. Oetker Vanillin-Zucker
100 g Butter oder Margarine

Für den Biskuitteig:
4 Eier (Größe M)
2 EL heißes Wasser
100 g Zucker
1 Pck. Dr. Oetker Vanillin-Zucker
75 g Weizenmehl
30 g Speisestärke
10 g Kakaopulver
½ gestr. TL Dr. Oetker Backin

2–3 EL Preiselbeerkonfitüre
100 g Marzipan-Rohmasse
etwas Puderzucker

Für die Füllung:
1 Pck. gemahlene Gelatine, weiß
600 g Schlagsahne

Für die Pistazienfüllung:
25 g fein gehackte Pistazienkerne
25 g Puderzucker, 1 EL Rum

Für die Nougatfüllung:
125 g Nuss-Nougat

Zum Bestreuen:
30 g geraspelte Edelbitter-Schokolade
gehackte Pistazienkerne

Für den Belag:
70 g geraspelte Edelbitter-Schokolade, ½ TL Speiseöl

Insgesamt:
E: 109 g, F: 432 g, Kh: 619 g, kJ: 28906, kcal: 6907

1. Für den Knetteig Mehl in eine Rührschüssel sieben. Restliche Zutaten hinzufügen und mit Handrührgerät mit Rührbesen gut durcharbeiten. Anschließend auf einer bemehlten Arbeitsfläche zu einem glatten Teig verkneten. Sollte er kleben, ihn in Folie gewickelt eine Zeit lang kaltstellen. Den Teig auf dem Boden einer Springform (Ø 28 cm, gefettet) ausrollen, mehrmals mit einer Gabel einstechen, Rand darumlegen. Die Form auf dem Rost in den vorgeheizten Backofen schieben.

Ober-/Unterhitze: etwa 200 °C
Heißluft: etwa 180 °C
Backzeit: etwa 15 Minuten.

2. Den Gebäckboden vom Springformboden lösen, aber darauf erkalten lassen. Gebäckboden auf eine Tortenplatte legen.

3. Für den Biskuitteig Eier und Wasser mit Handrührgerät mit Rührbesen auf höchster Stufe in 1 Minute schaumig schlagen. Zucker und Vanillin-Zucker in einer Minute einstreuen, dann noch etwa 2 Minuten schlagen. Mehl mit Speisestärke, Kakao und Backpulver mischen, auf die Eiercreme sieben und kurz auf niedrigster Stufe unterrühren. Den Teig in eine Springform (Ø 28 cm, Boden gefettet, mit Backpapier belegt) füllen. Die Form auf dem Rost in den vorgeheizten Backofen schieben.

Ober-/Unterhitze: 180–200 °C
Heißluft: 160–180 °C
Backzeit: 25–30 Minuten.

4. Den Biskuitboden aus der Form lösen, auf einen Kuchenrost stürzen und erkalten lassen. Biskuitboden zweimal waagerecht durchschneiden.

5. Den Knetteigboden mit Konfitüre bestreichen. Den unteren Biskuitboden darauflegen, andrücken. Marzipan auf einer mit Puderzucker bestäubten Arbeitsfläche zu einer runden Platte (Ø etwa 26 cm) ausrollen und auf den Biskuitboden legen, etwas andrücken.

6. Für die Füllung Gelatine mit 3 Esslöffeln kaltem Wasser in einem kleinen Topf anrühren, 10 Minuten quellen lassen. Gelatine unter Rühren erwärmen (nicht kochen), bis sie völlig gelöst ist. Sahne fast steif schlagen. Aufgelöste Gelatine mit etwas Sahne verrühren, dann mit der restlichen Sahne verrühren. Sahne ganz steif schlagen. Für die Pistazienfüllung ein Drittel der Sahne mit Pistazienkernen, Puderzucker und Rum verrühren und auf der Marzipanplatte verteilen. Den mittleren Biskuitboden darauflegen. Für die Nougatfüllung Nougat in Stücke schneiden, in einem kleinen Topf im Wasserbad geschmeidig rühren, abkühlen lassen und unter die restliche Sahne rühren.

7. Die Hälfte der Nougatsahne auf den mittleren Biskuitboden streichen und mit dem oberen Biskuitboden belegen. Restliche Sahne in einen Spritzbeutel mit Lochtülle füllen. Tortenrand und -oberfläche dünn mit einem Teil der Nougatsahne aus dem Spritzbeutel bestreichen und 16 Tupfen auf den oberen Rand spritzen. Die Torte etwa 2 Stunden kaltstellen. Tortenrand mit geraspelter Schokolade und die Sahnetupfen mit Pistazienkernen bestreuen.

8. Für den Belag Schokolade in Stücke brechen, mit Speiseöl in einem kleinen Topf im Wasserbad bei schwacher Hitze schmelzen. Die Masse auf Backpapier zu einer runden Platte (Ø etwa 20 cm) streichen und fest werden lassen. Die Schokoladenplatte in 16 Tortenstücke schneiden und auf die Tortenoberfläche legen. Torte sofort servieren.

Weintrauben-Wickeltorte

Zubereitungszeit:
80 Minuten, ohne Abkühl- und Ruhezeit

Backzeit:
etwa 22 Minuten

Für den Knetteig:

125 g	Weizenmehl
50 g	Zucker
1 Pck.	Dr. Oetker Vanillin-Zucker
1 EL	Wasser
70 g	Butter oder Margarine

Für den Biskuitteig:

3	Eier (Größe M)
100 g	Zucker
1 Pck.	Dr. Oetker Vanillin-Zucker
100 g	Weizenmehl
½ gestr. TL	Dr. Oetker Backin
100 g	abgezogene, gehobelte Mandeln

Für die Füllung:

250 g	grüne, kernlose Weintrauben
6 Blatt	weiße Gelatine
100 ml	weißer Traubensaft
25 g	Zucker
1 Pck.	Dr. Oetker Vanillin-Zucker
Saft von 1	Zitrone
400 g	Schlagsahne

Zum Bestreichen und Garnieren:

250 g	Schlagsahne
1 Pck.	Dr. Oetker Sahnesteif
125 g	grüne, kernlose Weintrauben
30 g	abgezogene, gehobelte, geröstete Mandeln

Insgesamt:
E: 93 g, F: 354 g, Kh: 490 g, kJ: 23497, kcal: 5614

1. Für den Knetteig Mehl in eine Rührschüssel sieben. Restliche Zutaten hinzufügen und mit Handrührgerät mit Rührbesen auf höchster Stufe gut durcharbeiten. Anschließend auf einer bemehlten Arbeitsfläche zu einem glatten Teig verkneten. Sollte er kleben, ihn in Folie gewickelt eine Zeit lang kalt stellen.

2. Den Teig auf dem Boden einer Springform (Ø 26 cm, Boden gefettet) ausrollen. Teigboden mehrmals mit der Gabel einstechen, Springformrand darumstellen. Die Form auf dem Rost in den vorgeheizten Backofen schieben.

Ober-/Unterhitze: etwa 180 °C
Heißluft: etwa 160 °C
Backzeit: etwa 12 Minuten.

3. Den Gebäckboden vom Springformboden lösen, aber darauf erkalten lassen.

4. Für den Biskuitteig aus den angegebenen Zutaten wie auf Seite 103 beschrieben einen Biskuitteig zubereiten. Den Teig auf ein Backblech (30 x 40 cm, gefettet, mit Backpapier belegt) geben und glattstreichen. Mandeln daraufstreuen. Das Backblech in den vorgeheizten Backofen schieben.

Ober-/Unterhitze: etwa 200 °C
Heißluft: etwa 180 °C
Backzeit: etwa 10 Minuten.

5. Die Biskuitplatte auf mit Zucker bestreutes Backpapier stürzen (mitgebackenes Backpapier nicht abziehen). Biskuitplatte erkalten lassen.

6. Für die Füllung Weintrauben waschen, gut abtropfen lassen, entstielen und längs halbieren. Gelatine in kaltem Wasser nach Packungsanleitung einweichen. Die leicht ausgedrückte Gelatine unter Rühren erwärmen (nicht kochen), bis sie völlig gelöst ist, leicht abkühlen lassen.

7. Traubensaft mit Zucker, Vanillin-Zucker und Zitronensaft verrühren. Gelatine unterrühren, kaltstellen. Sahne steif schlagen. Wenn die Flüssigkeit anfängt dicklich zu werden, Sahne unterheben.

8. Den Knetteigboden auf eine Tortenplatte legen. Mitgebackenes Backpapier von der Biskuitplatte abziehen. Biskuitplatte längs in 8 etwa 5 cm breite Streifen schneiden. Sahnecreme auf die Biskuitstreifen streichen. Weintrauben darauf verteilen, etwa 15 Minuten ruhen lassen. Den ersten Biskuitstreifen vorsichtig aufrollen und senkrecht in die Mitte des Knetteigbodens stellen. Die restlichen Biskuitstreifen dicht nacheinander zu einer Spirale darumwickeln. Einen Tortenring darumlegen. Die Torte etwa 2 Stunden kalt stellen.

9. Zum Bestreichen Sahne mit Sahnesteif steif schlagen. Den Tortenring lösen und entfernen, eventuell überstehenden Knetteigboden mit einem spitzen Messer abschneiden. Tortenoberfläche mit der Sahne bestreichen und nach Belieben verzieren.

10. Zum Garnieren Weintrauben waschen, gut abtropfen lassen, entstielen und längs halbieren. Die Torte mit den Weintraubenhälften garnieren und mit Mandeln bestreuen.

Französische Maronentorte

Zubereitungszeit:
40 Minuten, ohne Kühlzeit

Backzeit:
etwa 15 Minuten je Backblech

Für den All-in-Teig:

200 g	*Weizenmehl*
40 g	*Speisestärke*
2 gestr. TL	*Dr. Oetker Backin*
175 g	*Zucker*
3	*Eier (Größe M)*
175 g	*weiche Butter oder Margarine*

Für die Füllung:

500 g	*Schlagsahne*
1 Pck.	*Dr. Oetker Vanillin-Zucker*
2 Pck.	*Dr. Oetker Sahnesteif*
1 Dose	*Maronenpüree (Einwaage 450 g, Esskastanien)*
75 g	*gesiebter Puderzucker*
2 EL	*Zitronensaft*

Zum Bestäuben:
Kakaopulver

Zum Garnieren:
8–10 *Schokoladen-Ornamente*

Außerdem:
6 Bögen Backpapier

Insgesamt:
E: 63 g, F: 334 g, Kh: 628 g, kJ: 24531, kcal: 5860

1. Für die Tortenböden auf 6 Bögen Backpapier Kreise (Ø etwa 19 cm) aufzeichnen und auf Backbleche legen.

2. Für den Teig Mehl mit Speisestärke und Backpulver mischen, in eine Rührschüssel sieben. Zucker, Eier und Butter oder Margarine hinzufügen. Die Zutaten mit Handrührgerät mit Rührbesen zunächst kurz auf niedrigster, dann auf höchster Stufe in etwa 2 Minuten zu einem glatten Teig verrühren.

3. Den Teig gleichmäßig auf den vorgezeichneten Kreise verteilen und glattstreichen. Die Backbleche nacheinander (bei Heißluft zusammen) in den vorgeheizten Backofen schieben.

Ober-/Unterhitze: etwa 180 °C
Heißluft: etwa 160 °C
Backzeit: etwa 15 Minuten je Backblech.

4. Das Backpapier jeweils vorsichtig mit einem Messer von den Gebäckböden lösen und abziehen. Die Böden auf mit Backpapier belegten Kuchenrosten erkalten lassen.

5. Für die Füllung Sahne mit Vanillin-Zucker und Sahnesteif steif schlagen. Maronenpüree in eine Rührschüssel geben. Puderzucker und Zitronensaft hinzufügen. Die Zutaten mit Handrührgerät mit Rührbesen geschmeidig rühren. Nach und nach die steif geschlagene Sahne (gut 3 Esslöffel Sahne abnehmen und kaltstellen) unter die Maronenmasse rühren. Maronenmasse in 5 Portionen teilen.

6. Einen Tortenboden auf eine Tortenplatte legen und mit einer Portion der Maronenmasse bestreichen. Den zweiten Tortenboden darauflegen, leicht andrücken und wieder mit einer Portion der Maronenmasse bestreichen. So weiter verfahren, bis die Maronenmasse und die Tortenböden aufgebraucht sind.

7. Die kalt gestellte Sahne in einen Spritzbeutel mit Lochtülle füllen. Den oberen Tortenboden mit Sahnetupfen verzieren. Die Torte etwa 1 Stunde kaltstellen.

8. Die Torte kurz vor dem Servieren mit Kakao bestäuben und mit den Schokoladenornamenten garnieren.

Kürbis-Apfel-Torte

Zubereitungszeit:
45 Minuten, ohne Abkühlzeit

Backzeit:
etwa 30 Minuten

Zum Vorbereiten:
175 g in Würfel geschnittenes Kürbisfleisch
100 ml Orangensaft
150 g geraspelte Äpfel
1 EL Zitronensaft

Für den Schüttelteig:
200 g Weizenmehl
3 gestr. TL Dr. Oetker Backin
125 g Zucker
1 Pck. Dr. Oetker Vanillin-Zucker
2 Eier (Größe M)
125 g zerlassene, abgekühlte Butter oder Margarine
100 g Schlagsahne

Für den Belag:
200 g Schlagsahne
1 Pck. Dr. Oetker Sahnesteif
1 EL gesiebter Puderzucker

Zum Verzieren:
1 EL Himbeer- oder Johannisbeergelee

Insgesamt:
E: 42 g, F: 214 g, Kh: 356 g, kJ: 15000, kcal: 3586

1. Zum Vorbereiten Kürbiswürfel und Orangensaft in einem Topf zum Kochen bringen und 8–10 Minuten kochen lassen. Topf von der Kochstelle nehmen. Apfelraspel mit Zitronensaft vermischen und unterrühren, erkalten lassen.

2. Für den Teig Mehl mit Backpulver mischen, in eine verschließbare Schüssel (3-Liter-Inhalt) sieben, mit Zucker und Vanillin-Zucker vermengen. Eier, Butter oder Margarine und Sahne hinzufügen. Schüssel mit dem Deckel fest verschließen.

3. Mehrmals (insgesamt 15–30 Sekunden) kräftig schütteln, sodass alle Zutaten gut vermischt sind. Alles mit einem Schneebesen oder Rührlöffel nochmals sorgfältig durchrühren, damit vor allem trockene Zutaten vom Rand mit untergerührt werden.

4. Die Hälfte der Fruchtmasse unter den Teig heben. Den Teig in eine Springform (Ø 26 cm, Boden gefettet) füllen. Die Form auf dem Rost in den vorgeheizten Backofen schieben.

Ober-/Unterhitze: etwa 180 °C
Heißluft: etwa 160 °C
Backzeit: etwa 30 Minuten.

5. Die Torte aus der Form lösen, auf einen mit Backpapier belegten Kuchenrost legen und erkalten lassen. Torte auf eine Tortenplatte legen.

6. Für den Belag Sahne mit Sahnesteif und Puderzucker steif schlagen, restliche Fruchtmasse unterheben und auf den Kuchen streichen.

7. Zum Verzieren Gelee in einem kleinen Topf zum Kochen bringen. Die Tortenoberfläche mit Hilfe eines Teelöffels mit dem Gelee verzieren. Torte 1–2 Stunden kaltstellen.

Rotwein-Heidelbeer-Torte

Zubereitungszeit:
35 Minuten, ohne Kühl- und Saftziehzeit

Für den Boden:
- 125 g *Zartbitter-Kuvertüre*
- 150 g *Vitalis Müsli Plus ohne Zuckerzusatz*
- 100 g *abgezogene, gehobelte Mandeln*

Für die Rotweincreme:
- 6 Blatt *weiße Gelatine*
- 200 ml *Rotwein oder roter Traubensaft*
- 40 g *Zucker*
- 250 g *Schlagsahne*

Für den Belag:
- 300 g *Heidelbeeren*
- 50 g *rotes Johannisbeergelee*
- 3 EL *Rotwein oder Traubensaft*
- 1 Pck. *Tortenguss, klar*
- 1 geh. TL *Zucker*

Insgesamt:
E: 58 g, F: 185 g, Kh: 273 g, kJ: 12952, kcal: 3089

1. Für den Boden Kuvertüre hacken und in einem kleinen Topf im Wasserbad bei schwacher Hitze schmelzen. Müsli und Mandeln unterrühren. Die Masse in eine Springform (Ø 26 cm, mit Backpapier belegt) geben und mit Hilfe eines Löffels andrücken. Den Boden kaltstellen und fest werden lassen.

2. Für die Creme Gelatine in kaltem Wasser nach Packungsanleitung einweichen. 100 ml von dem Rotwein oder Saft mit Zucker in einem kleinen Topf erhitzen (nicht kochen), bis der Zucker gelöst ist. Den Topf von der Kochstelle nehmen. Die ausgedrückte Gelatine in der Flüssigkeit unter Rühren auflösen. Restlichen Wein oder Saft unterrühren, erkalten lassen.

3. Sahne steif schlagen. Wenn die Wein-Gelatine-Flüssigkeit anfängt dicklich zu werden, Sahne unterheben. Die Creme auf den fest gewordenen Müsliboden geben und glattstreichen. Torte mindestens 1 Stunde kaltstellen.

4. Für den Belag Heidelbeeren putzen, waschen, abtropfen lassen und in eine Schüssel geben. Gelee mit Wein oder Saft verrühren, zu den Heidelbeeren geben und etwa 30 Minuten zum Saftziehen stehen lassen.

5. Heidelbeeren in ein Sieb geben, den Saft auffangen. Mit Wein oder Wasser auf 250 ml (¼ l) auffüllen. Die Heidelbeeren auf der Creme verteilen.

6. Aus Tortengusspulver, Zucker und der abgemessenen Flüssigkeit nach Packungsanleitung einen Guss zubereiten und auf den Heidelbeeren verteilen. Den Guss fest werden lassen. Springformrand mit einem Messer lösen. Springformrand und -boden entfernen.

Tipp: Statt Heidelbeeren können Sie auch Brombeeren verwenden.

Eierlikör-Mohn-Torte

Zubereitungszeit:
40 Minuten, ohne Kühlzeit

Backzeit:
etwa 30 Minuten

Für den Rührteig:

250 g	Butter oder Margarine
150 g	Zucker
1 Pck.	Dr. Oetker Vanillin-Zucker
4	Eier (Größe M)
250 g	Weizenmehl
2 gestr. TL	Dr. Oetker Backin
75 g	frisch gemahlener Mohn

Für die Füllung:

100 g	Marzipan-Rohmasse
25 g	Puderzucker
600 g	Schlagsahne
3 Pck.	Dr. Oetker Sahnesteif
2 Pck.	Dr. Oetker Vanillin-Zucker
1 Pck.	Galetta Vanille-Geschmack (Pudding-Pulver ohne Kochen)
125 ml	(⅛ l) Eierlikör
125 ml	(⅛ l) Milch

Zum Verzieren:

75 ml	Eierlikör

Insgesamt:
E: 104 g, F: 510 g, Kh: 606 g, kJ: 32249, kcal: 7701

1. Für den Teig Butter oder Margarine mit Handrührgerät mit Rührbesen auf höchster Stufe geschmeidig rühren. Nach und nach Zucker und Vanillin-Zucker unterrühren. So lange rühren, bis eine gebundene Masse entstanden ist.

2. Eier nach und nach unterrühren (jedes Ei etwa ½ Minute). Mehl mit Backpulver mischen, sieben, in 2 Portionen auf mittlerer Stufe unterrühren. Mohn unterheben.

3. Den Teig in eine Springform (Ø 26 cm, gefettet) geben und glattstreichen. Die Form auf dem Rost in den vorgeheizten Backofen schieben.

Ober-/Unterhitze: etwa 180 °C
Heißluft: etwa 160 °C
Backzeit: etwa 30 Minuten.

4. Den Gebäckboden aus der Form lösen, auf einen mit Backpapier belegten Kuchenrost stürzen, erkalten lassen. Gebäckboden einmal waagerecht durchschneiden. Unteren Gebäckboden auf eine Tortenplatte legen.

5. Für die Füllung Marzipan in Stücke schneiden, mit Puderzucker verkneten und auf einer mit Puderzucker bestäubten Arbeitsfläche zu einer Platte (Ø etwa 26 cm) ausrollen. Marzipanplatte auf den unteren Boden legen. Sahne mit Sahnesteif und Vanillin-Zucker steif schlagen (2 Esslöffel Sahne in einen Spritzbeutel mit Lochtülle füllen). Ein Drittel der Sahne auf die Marzipanplatte geben und glattstreichen.

6. Pudding-Pulver nach Packungsanleitung, aber nur mit Eierlikör und Milch aufschlagen und auf der Sahne verteilen. Den oberen Gebäckboden darauflegen. Tortenrand und -oberfläche mit der restlichen Sahne bestreichen.

7. Zum Verzieren mit der Sahne aus dem Spritzbeutel ovale Sahneringe übereinander auf die Oberfläche spritzen und mit Eierlikör füllen. Torte zwei Stunden kaltstellen.

Walnusstorte

Zubereitungszeit:
40 Minuten, ohne Kühlzeit

Backzeit:
etwa 20 Minuten

Zum Vorbereiten:
150 g gemahlene Walnusskerne

Für den All-in-Teig:
250 g Weizenmehl
3 gestr. TL Dr. Oetker Backin
150 g Zucker
1 Pck. Dr. Oetker Vanillin-Zucker
4 Eier (Größe M)
100 g weiche Butter oder Margarine
75 g Zartbitter-Raspelschokolade

Für den Belag:
1 Glas Sauerkirschen (Abtropfgewicht 350 g)
250 ml (¼ l) Sauerkirschsaft (aus dem Glas)
1 Pck. Tortenguss, klar
1 TL Zucker
500 g Schlagsahne
2 Pck. Dr. Oetker Sahnesteif
1 TL Zucker

Zum Verzieren und Garnieren:
3–4 EL Eierlikör
50 g Walnusskerne

Zum Bestreuen:
25 g Zartbitter-Raspelschokolade

Insgesamt:
E: 105 g, F: 420 g, Kh: 568 g, kJ: 27616, kcal: 6596

1. Zum Vorbereiten Walnusskerne in einer Pfanne ohne Fett bei schwacher Hitze goldbraun rösten, auf einen Teller geben und erkalten lassen.

2. Für den Teig Mehl mit Backpulver mischen und in eine Rührschüssel sieben. Restliche Zutaten hinzufügen und mit Handrührgerät mit Rührbesen auf höchster Stufe in etwa 2 Minuten zu einem glatten Teig verrühren. Raspelschokolade und vorbereitete Walnusskerne unterheben.

3. Den Teig in eine Springform (Ø 26 cm, mit Backpapier belegt) geben und glattstreichen. Die Form auf dem Rost in den vorgeheizten Backofen schieben.

Ober-/Unterhitze: etwa 180 °C
Heißluft: etwa 160 °C
Backzeit: etwa 20 Minuten.

4. Den Gebäckboden aus der Form lösen und auf einen mit Backpapier belegten Kuchenrost stürzen, erkalten lassen.

5. Für den Belag Sauerkirschen in einem Sieb gut abtropfen lassen, Saft dabei auffangen und 250 ml (¼ l) abmessen. Den Gebäckboden auf eine Tortenplatte legen, einen Tortenring darumstellen. Sauerkirschen darauf verteilen.

6. Aus Tortengusspulver, Kirschsaft und Zucker nach Packungsanleitung einen Guss zubereiten und auf den Kirschen verteilen, erkalten lassen. Sahne mit Sahnesteif und Zucker steif schlagen. Gut die Hälfte der Sahne auf die Kirschen geben und glattstreichen.

7. Restliche Sahne in einen Spritzbeutel mit großer Sterntülle geben. Den Oberflächenrand mit der Sahne verzieren. Eierlikör mit Hilfe eines Teelöffels auf die Torte sprenkeln. Mit Walnusskernhälften garnieren. Die Torte etwa 1 Stunde kaltstellen.

8. Den Tortenring lösen und entfernen. Den oberen Tortenrand mit Raspelschokolade bestreuen.

Himbeertorte

Zubereitungszeit:
45 Minuten, ohne Auftau- und Kühlzeit

Backzeit:
etwa 25 Minuten

Zum Vorbereiten:
500 g TK-Himbeeren

Für den Keksboden:
etwa 14 Butterkekse
50 g zerlassene Butter
2 TL Zucker

Für den Biskuitteig:
2 Eier (Größe M)
1 EL heißes Wasser
75 g Zucker
1 Pck. Dr. Oetker Vanillin-Zucker
100 g Weizenmehl
1 gestr. TL Dr. Oetker Backin

Für den Belag:
5 Blatt Gelatine, weiß
400 g Schlagsahne
2 Pck. Dr. Oetker Sahnesteif
2 TL Zucker
1 Pck. Dr. Oetker Vanillin-Zucker
200 g Doppelrahm-Frischkäse
50 g gesiebter Puderzucker

Für den Guss:
4 Blatt Gelatine, rot
Himbeersaft (von den TK-Himbeeren)
evtl. 100 ml Himbeersirup

100 g Schlagsahne für den Rand

Insgesamt:
E: 85 g, F: 294 g, Kh: 350 g, kJ: 18740, kcal: 4475

1. Zum Vorbereiten Himbeeren in eine Schüssel geben und auftauen lassen. Himbeeren in einem Sieb abtropfen lassen und den Saft auffangen.

2. Für den Keksboden Butterkekse nebeneinander in eine Springform (Ø 26 cm, Boden mit Backpapier belegt) legen, dabei die Rundungen der Form mit Keksstücken ausfüllen. Die Keksschicht mit Butter bestreichen und mit Zucker bestreuen.

3. Für den Teig Eier und Wasser mit Handrührgerät mit Rührbesen auf höchster Stufe in 1 Minute schaumig schlagen. Zucker und Vanillin-Zucker mischen, in 1 Minute einstreuen, dann noch etwa 2 Minuten schlagen.

4. Mehl mit Backpulver mischen, auf die Eiercreme sieben und kurz auf niedrigster Stufe unterrühren.

5. Den Teig auf den Keksboden streichen. Die Form auf dem Rost in den vorgeheizten Backofen schieben.

Ober-/Unterhitze: etwa 180 °C
Heißluft: etwa 160 °C
Backzeit: etwa 25 Minuten.

6. Den Tortenboden aus der Form lösen und auf einem mit Backpapier belegten Kuchenrost erkalten lassen.

7. Tortenboden auf eine Tortenplatte legen, einen Tortenring darumlegen. Himbeeren auf dem Boden verteilen.

8. Für den Belag Gelatine in kaltem Wasser nach Packungsanleitung einweichen. Sahne mit Sahnesteif, Zucker und Vanillin-Zucker steif schlagen. Frischkäse mit Puderzucker verrühren.

9. Gelatine in einem kleinen Topf bei schwacher Hitzen unter Rühren erwärmen (nicht kochen), bis sie völlig gelöst ist, leicht abkühlen lassen.

10. Frischkäsemasse mit der Gelatine gut verrühren. Sahne unterheben. Die Creme auf den Himbeeren verteilen. Torte etwa 1 Stunde kaltstellen.

11. Für den Guss Gelatine in kaltem Wasser nach Packungsanleitung einweichen. Aufgefangenen Himbeersaft mit eventuell Sirup und Wasser auf 250 ml (¼ l) auffüllen. Gelatine wie unter Punkt 9 beschrieben auflösen und mit etwas von der Himbeerflüssigkeit verrühren, restliche Flüssigkeit unterrühren, etwas stehen lassen.

12. Die Flüssigkeit vorsichtig esslöffelweise auf die Sahne geben. Torte 2 Stunden kaltstellen. Tortenring lösen und entfernen. Sahne steif schlagen. Den Tortenrand damit bestreichen.

Tipp: Den Guss statt mit Gelatine mit Tortenguss zubereiten.

Fürsten-Käse-Torte

Zubereitungszeit:
45 Minuten, ohne Abkühlzeit

Backzeit:
etwa 82 Minuten

Für den Knetteig:

200 g	Weizenmehl
1 gestr. TL	Dr. Oetker Backin
100 g	Butter
50 g	gesiebter Puderzucker
1 Pck.	Dr. Oetker Vanillin-Zucker
1 Prise	Salz
50 g	klein geschnittene Marzipan-Rohmasse

2 EL	Aprikosenkonfitüre
1	heller Wiener Boden (etwa ½ cm hoch)

Für die Quarkfüllung:

1 kg	Speisequark (Magerstufe)
180 g	Zucker
45 g	Speisestärke
3 gestr. TL	Dr. Oetker Backin
3	Eier (Größe M)
	Saft und abgeriebene Schale von 1 Bio-Zitrone (unbehandelt, ungewachst)
200 ml	Milch oder Schlagsahne
100 g	zerlassene, abgekühlte Butter

Für den Mandelbelag:

50 g	zerlassene Butter
70 g	Zucker
1	Ei (Größe M)
50 g	abgezogene, gehobelte Mandeln

Insgesamt:
E: 211 g, F: 325 g, Kh: 701 g, kJ: 28032, kcal: 6699

1. Für den Teig Mehl mit Backpulver mischen und in eine Rührschüssel sieben. Restliche Zutaten mit Handrührgerät mit Rührbesen auf höchster Stufe gut durcharbeiten. Anschließend auf einer bemehlten Arbeitsfläche zu einem glatten Teig verkneten. Sollte er kleben, ihn in Folie gewickelt eine Zeit lang kalt stellen.

2. Die Hälfte des Teiges auf dem Boden einer Springform (Ø 28 cm, Boden gefettet) ausrollen. Teigboden mehrmals mit einer Gabel einstechen, Springformrand darumlegen. Die Form auf dem Rost in den vorgeheizten Backofen schieben und den Boden vorbacken.

Ober-/Unterhitze: etwa 200 °C
Heißluft: etwa 180 °C
Backzeit: etwa 12 Minuten.

3. Die Form auf einen Kuchenrost stellen. Den Boden etwas abkühlen lassen. Restlichen Teig zu einer Rolle formen, sie als Rand auf den vorgebackenen Boden legen und so an die Form drücken, dass ein etwa 3 cm hoher Rand entsteht.

4. Den vorgebackenen Boden mit Konfitüre bestreichen. Den Wiener Boden darauflegen.

5. Für die Füllung Quark mit Zucker, Speisestärke, Backpulver, Eiern, Zitronensaft, -schale, Milch oder Sahne und Butter geschmeidig rühren. Die Masse auf den vorgebackenen Boden geben und glattstreichen.

6. Für den Mandelbelag Butter mit Zucker und Ei geschmeidig rühren, Mandeln unterrühren. Die Masse auf der Quarkfüllung verteilen. Die Form auf dem Rost in den vorgeheizten Backofen schieben.

Ober-/Unterhitze: etwa 180 °C
Heißluft: etwa 160 °C
Backzeit: etwa 70 Minuten.

7. Die Form auf einen Kuchenrost stellen. Den Kuchen in der Form etwa 2 Stunden abkühlen lassen, dann aus der Form lösen und auf einem Kuchenrost erkalten lassen.

Tipp: Für den Wiener Boden aus 1 Ei (Größe M), 1 Esslöffel heißem Wasser, 40 g Zucker, 1 Päckchen Dr. Oetker Vanillin-Zucker, 50 g Weizenmehl, 25 g Speisestärke, ½ Teelöffel Backpulver und 25 g zerlassener Butter einen Biskuitteig zubereiten. Den Teig in eine Springform (Ø 28 cm, gefettet, mit Backpapier belegt) geben und bei der **oben angegebenen Backofentemperatur in etwa 20 Minuten** fertig backen.

Für Gäste – raffiniert

Karamell-Flockentorte

Zubereitungszeit:
45 Minuten, ohne Kühlzeit

Backzeit:
Knetteig: etwa 15 Minuten
Brandteig: 20–25 Minuten je Boden

Für den Knetteig:

150 g	Weizenmehl
40 g	Zucker
100 g	Butter oder Margarine

Für den Brandteig:

125 ml (⅛ l)	Wasser
25 g	Butter oder Margarine
75 g	Weizenmehl
15 g	Speisestärke
2–3	Eier (Größe M)
½ gestr. TL	Dr. Oetker Backin

Für die Karamellfüllung:

1 Pck.	gemahlene Gelatine, weiß
5 EL	kaltes Wasser
125 g	Zucker
750 g	Schlagsahne
2–3 EL	rotes Johannisbeergelee
	Puderzucker zum Bestäuben

Insgesamt:
E: 65 g, F: 364 g, Kh: 432 g, kJ: 22423, kcal: 5361

1. Für den Knetteig Mehl in eine Rührschüssel sieben. Restliche Zutaten hinzufügen und mit Handrührgerät mit Rührbesen auf höchster Stufe gut durcharbeiten. Anschließend auf einer bemehlten Arbeitsfläche zu einem glatten Teig verkneten. Sollte er kleben, ihn in Folie gewickelt eine Zeit lang kaltstellen.

2. Den Teig auf dem Boden einer Springform (Ø 26 cm, Boden gefettet) ausrollen. Teigboden mehrmals mit einer Gabel einstechen, Springformrand darumlegen. Die Form auf dem Rost in den vorgeheizten Backofen schieben.

Ober-/Unterhitze: etwa 200 °C
Heißluft: etwa 180 °C
Backzeit: etwa 15 Minuten.

3. Den Gebäckboden sofort vom Springformboden lösen, aber darauf erkalten lassen.

4. Für den Brandteig Wasser mit Butter oder Margarine am besten in einem Stieltopf zum Kochen bringen. Mehl mit Speisestärke mischen, sieben, auf einmal in die von der Kochstelle genommene Flüssigkeit schütten, zu einem glatten Kloß rühren, unter Rühren etwa 1 Minute erhitzen.

5. Den heißen Kloß sofort in eine Rührschüssel geben. Nach und nach Eier mit Handrührgerät mit Rührbesen auf höchster Stufe unterarbeiten. Die Eiermenge hängt von der Beschaffenheit des Teiges ab. Er muss stark glänzen und so von einem Löffel abreißen, dass lange Spitzen hängen bleiben. Backpulver in den erkalteten Teig arbeiten.

6. Aus dem Teig drei Böden backen. Dazu jeweils ein Drittel des Teiges auf einen Springformboden (Ø 26 cm, gefettet, gemehlt) streichen (die Teiglage sollte am Rand nicht zu dünn sein, damit der Boden dort nicht zu dunkel wird). Die Böden ohne Springformrand backen. Springformböden nacheinander (bei Heißluft zusammen) auf dem Rost in den vorgeheizten Backofen schieben und **gleicher Backofeneinstellung in 20–25 Minuten** fertig backen.

7. Die Böden jeweils von den Springformböden lösen und einzeln auf je einem Kuchenrost erkalten lassen (wichtig, da der Dampf entweichen muss).

8. Für die Füllung Gelatine mit kaltem Wasser in einem kleinen Topf anrühren, 10 Minuten quellen lassen. Alles unter Rühren erwärmen (nicht kochen), bis die Gelatine völlig gelöst ist, leicht abkühlen lassen.

9. Zucker in einer Pfanne hellbraun karamellisieren lassen, gut 125 ml (⅛ l) von der Sahne hinzugießen. Den karamellisierten Zucker unter Rühren darin auflösen. Topf von der Kochstelle nehmen, Gelatine unter Rühren hinzufügen, abkühlen lassen. Restliche Sahne steif schlagen und unter die Karamellsahne heben.

10. Den Knetteigboden dünn mit Johannisbeergelee bestreichen, mit einem Brandteigboden belegen und mit etwa der Hälfte der Karamellsahne bestreichen. Zweiten Brandteigboden darauflegen und mit der restlichen Karamellsahne bestreichen. Den dritten Boden in Stücke brechen und auf der Karamellsahne verteilen. Torte mit Puderzucker bestäuben und etwa 30 Minuten kaltstellen.

Himmelstorte

Zubereitungszeit:
90 Minuten, ohne Kühlzeit

Backzeit:
etwa 20 Minuten je Boden

Für den Belag:
5 Eiweiß (Größe M)
1 Prise Salz
1 EL Zucker

Für den Rührteig:
250 g Butter oder Margarine
200 g Zucker
1 Pck. Dr. Oetker Vanillin-Zucker
5 Eigelb (Größe M)
250 g Weizenmehl
2 gestr. TL Dr. Oetker Backin

Zum Bestreuen:
40 g Zucker
1 Msp. gemahlener Zimt
100 g abgezogene, gehobelte Mandeln

Für die Füllung:
500 g Johannisbeeren
100 g Puderzucker
400 g Schmand (Sauerrahm)
1 Becher (150 g) Crème fraîche
1 TL Puderzucker
3 Pck. Dr. Oetker Sahnesteif

Insgesamt:
E: 88 g, F: 449 g, Kh: 638 g, kJ: 29350, kcal: 6963

1. Für den Belag Eiweiß und Salz mit Handrührgerät mit Rührbesen steif schlagen. Der Schnee muss so fest sein, dass ein Messerschnitt sichtbar bleibt. Zucker kurz unterschlagen.

2. Für den Teig Butter oder Margarine in einer Rührschüssel mit Handrührgerät mit Rührbesen geschmeidig rühren. Nach und nach Zucker und Vanillin-Zucker unterrühren. So lange rühren, bis eine gebundene Masse entstanden ist. Eigelb nach und nach unterrühren (jedes Eigelb knapp ½ Minute). Mehl mit Backpulver mischen, sieben und in 2 Portionen auf mittlerer Stufe unterrühren.

3. Aus dem Teig 4 Böden backen. Dafür jeweils 2 Esslöffel des Teiges auf den Boden einer Springform (Ø 26 cm, gefettet) streichen (darauf achten, dass die Teiglage am Rand nicht zu dünn ist, damit der Boden dort nicht zu dunkel wird). Jeweils ein Viertel des Eischnees gleichmäßig auf dem verstrichenen Teig verteilen. Zucker mit Zimt mischen, ein Viertel davon und ein Viertel der Mandeln auf jeden Teigboden streuen.

4. Die Böden ohne Springformrand auf dem Rost in den vorgeheizten Backofen schieben.

Ober-/Unterhitze: etwa 180 °C
Heißluft: etwa 160 °C
Backzeit: etwa 20 Minuten je Boden.

5. Die Böden vorsichtig von den Springformböden lösen und einzeln auf je einem mit Backpapier belegten Kuchenrost erkalten lassen.

6. Für die Füllung Johannisbeeren waschen, gut abtropfen lassen, von den Rispen streifen und mit Puderzucker bestreuen. Schmand und Crème fraîche mit Puderzucker und Sahnesteif gemischt in einer Schüssel etwa 2 Minuten mit Handrührgerät mit Rührbesen aufschlagen. Johannisbeeren unterheben.

7. Drei Böden mit der Creme bestreichen und zu einer Torte zusammensetzen. Den vierten Boden darauflegen. Die Torte etwa 1 Stunde kaltstellen.

Abwandlung: Die Füllung kann auch mit frischen Himbeeren zubereitet werden, dann aber nur 50 g Puderzucker verwenden.

Tipp: Die Torte nach Belieben mit Puderzucker bestäuben und mit Johannisbeerrispen garnieren.

Schweizer Kartoffeltorte

Zubereitungszeit:
60 Minuten, ohne Abkühlzeit

Backzeit:
etwa 30 Minuten

Zum Vorbereiten:
200 g fest kochende Kartoffeln

Für den Teig:
4 Eier (Größe M)
200 g Zucker
1 Pck. Dr. Oetker Finesse Geriebene Zitronenschale
2 EL Kirschwasser
100 g abgezogene, gemahlene Mandeln
100 g gemahlene Haselnusskerne
1 gestr. TL Dr. Oetker Backin
65 g Hartweizengrieß

Für die Füllung:
250 g Himbeerkonfitüre

Für den Guss:
125 g gesiebter Puderzucker
2 EL Zitronensaft

Zum Garnieren und Bestreuen:
einige ganze Haselnusskerne
etwa 1 EL roter Zucker

Insgesamt:
E: 73 g, F: 154 g, Kh: 593 g, kJ: 17249, kcal: 4119

1. Zum Vorbereiten Kartoffeln gründlich waschen, mit Wasser bedeckt zum Kochen bringen und zugedeckt etwa 20 Minuten garen. Kartoffeln abgießen, abdämpfen, pellen, durch ein Spätzlesieb (oder Kartoffelpresse) drücken und erkalten lassen.

2. Für den Teig Eier mit Handrührgerät mit Rührbesen auf höchster Stufe in 1 Minute schaumig schlagen. Zucker in 1 Minute einstreuen, dann noch etwa 2 Minuten schlagen. Zitronenschale und Kirschwasser unterrühren.

3. Mandeln, Haselnusskerne, Backpulver und Grieß mischen, in 2 Portionen auf niedrigster Stufe unterrühren. Zuletzt die Kartoffelmasse unterrühren.

4. Den Teig in eine Springform (Ø 26 cm, Boden gefettet, mit Backpapier belegt) füllen und glattstreichen. Die Form auf dem Rost in den vorgeheizten Backofen schieben.

Ober-/Unterhitze: etwa 180 °C
Heißluft: etwa 160 °C
Backzeit: etwa 30 Minuten.

5. Den Tortenboden aus der Form lösen und auf einen mit Backpapier belegten Kuchenrost stürzen. Mitgebackenes Backpapier abziehen. Tortenboden erkalten lassen, dann einmal waagerecht durchschneiden.

6. Den unteren Boden auf eine Tortenplatte legen und mit 200 g der Konfitüre bestreichen. Den oberen Boden darauflegen und leicht andrücken. Restliche Konfitüre durch ein Sieb streichen und den oberen Boden damit bestreichen.

7. Für den Guss Puderzucker mit Zitronensaft zu einer geschmeidigen Masse verrühren. Den Guss auf die Torte geben und mit einem Messer verstreichen. Die Torte mit Haselnusskernen garnieren und mit dem roten Zucker bestreuen. Guss fest werden lassen.

Tipp: Anstelle von Himbeerkonfitüre Johannisbeergelee verwenden.

Holundertorte

Zubereitungszeit:
50 Minuten, ohne Kühlzeit

Backzeit:
Knetteig: etwa 10 Minuten
Baiser: etwa 75 Minuten Trockenzeit

Für den Knetteig:

200 g	*Weizenmehl*
25 g	*Zucker*
100 g	*Butter*
2	*Eigelb (Größe M)*
1 EL	*Milch oder Sahne*

Für den Baiserboden:

2	*Eiweiß (Größe M)*
1 Prise	*Salz*
100 g	*Zucker*

Für den Belag:

700 g	*reife Holunderbeeren (vorbereitet gewogen etwa 500 g)*
250 g	*Extra Gelier Zucker 2:1*
400 g	*Schlagsahne*
2 Pck.	*Dr. Oetker Sahnesteif*
1 Pck.	*Dr. Oetker Vanillin Zucker*

Zum Verzieren:

40 g	*Zartbitter-Schokolade (mind. 50 % Kakaoanteil)*
½ TL	*Speiseöl*

Insgesamt:
E: 58 g, F: 245 g, Kh: 608 g, kJ: 20769, kcal: 4950

Tipp: Den Baiserboden zuerst in einer mit Backpapier ausgelegten Springform (Ø 26 cm) backen bzw. trocknen lassen. Den Springformrand lösen und den Boden mit dem Backpapier auf einem Kuchenrost erkalten lassen.

1. Für den Knetteig Mehl in eine Rührschüssel sieben. Restliche Zutaten mit Handrührgerät mit Rührbesen auf höchster Stufe gut durcharbeiten. Anschließend auf einer bemehlten Arbeitsfläche zu einem glatten Teig verkneten. Sollte er kleben, ihn in Folie gewickelt eine Zeit lang kaltstellen.

2. Zwei Drittel des Teiges auf dem Boden einer Springform (Ø 26 cm, gefettet) ausrollen, den Springformrand darumstellen. Restlichen Teig zu einer Rolle formen, auf den Teigboden legen und so an die Form drücken, dass ein etwa 2 cm hoher Rand entsteht. Die Form auf dem Rost in den vorgeheizten Backofen schieben.

Ober-/Unterhitze: etwa 180 °C
Heißluft: etwa 160 °C
Backzeit: etwa 10 Minuten.

3. Die Form auf einen Kuchenrost stellen. Den Boden in der Form erkalten lassen.

4. Für den Baiserboden Eiweiß mit Handrührgerät mit Rührbesen auf höchster Stufe steif schlagen. Der Schnee muss so fest sein, dass ein Messerschnitt sichtbar bleibt. Nach und nach Zucker und Salz kurz unterschlagen.

5. Ein Stück Backpapier auf ein Backblech legen und einen Kreis (Ø etwa 25 cm) aufzeichnen. Baisermasse in einen Spritzbeutel mit großer Lochtülle füllen und von der Mitte aus beginnend zusammenhängende Ringe in den Kreis spritzen.

6. Das Backblech in den vorgeheizten Backofen schieben und den Baiserboden trocknen lassen.

Ober-/Unterhitze: etwa 100 °C
Heißluft: etwa 80 °C
Trockenzeit: etwa 75 Minuten.

7. Den Baiserboden mit dem Backpapier vom Backblech auf einen Kuchenrost ziehen. Baiserboden erkalten lassen und das Backpapier abziehen.

8. Für den Belag Holunderbeeren von den Stielen befreien, waschen, gut abtropfen lassen und mit dem Gelierzucker in einem Kochtopf gut verrühren. Die Zutaten bei starker Hitze unter Rühren zum Kochen bringen und mindestens 3 Minuten unter ständigem Rühren sprudelnd kochen lassen. Den Topf von der Kochstelle nehmen.

9. Die Holundermasse vorsichtig auf den vorgebackenen Knetteigboden geben, glattstreichen und etwa 30 Minuten bei Zimmertemperatur erkalten lassen. Dann etwa 1 Stunde in den Kühlschrank stellen.

10. Für den Belag Sahne mit Sahnesteif und Vanillin-Zucker steif schlagen. Die Sahne auf der Holundermasse verteilen und den Baiserboden darauflegen. Die Torte etwa 30 Minuten kaltstellen.

11. Zum Verzieren Schokolade in kleine Stücke brechen, mit Speiseöl in einem kleinen Topf im Wasserbad bei schwacher Hitze unter Rühren schmelzen. Die Schokoladenmasse in einen kleinen Gefrierbeutel füllen, Beutel verschließen und eine kleine Ecke abschneiden. Die Baiseroberfläche mit der Schokolade verzieren. Schokolade fest werden lassen.

Mit Alkohol

Weincremetorte

Zubereitungszeit:
65 Minuten, ohne Kühlzeit

Backzeit:
etwa 15 Minuten je Boden, etwa 10 Minuten für die Brandteigblätter

Für den Knetteig:

120 g	*Weizenmehl*
40 g	*Zucker*
1 Pck.	*Dr. Oetker Vanillin-Zucker*
80 g	*Butter oder Margarine*

Für den Brandteig:

250 ml (¼ l)	*Wasser*
50 g	*Butter oder Margarine*
1 Prise	*Salz*
1 Prise	*Zucker*
125 g	*Weizenmehl*
25 g	*Speisestärke*
4–5	*Eier (Größe M)*
1 gestr. TL	*Dr. Oetker Backin*

Für die Füllung:

500 g	*grüne, kernlose Weintrauben*
6 Blatt	*weiße Gelatine*
375 ml (⅜ l)	*Weißwein*
120 g	*Zucker*
	evtl. Zitronensaft
250 g	*Schlagsahne*

Zum Bestreichen:

50 g	*Ananaskonfitüre*

Puderzucker zum Bestäuben

Insgesamt:
E: 77 g, F: 230 g, Kh: 511 g, kJ: 19862, kcal: 4746

1. Für den Knetteig Mehl in eine Rührschüssel sieben. Restliche Zutaten hinzufügen und mit Handrührgerät mit Rührbesen auf höchster Stufe gut durcharbeiten. Anschließend auf einer bemehlten Arbeitsfläche zu einem glatten Teig verkneten. Sollte er kleben, ihn in Folie gewickelt eine Zeit lang kaltstellen. Den Teig auf dem Boden einer Springform (Ø 26 cm, Boden gefettet) ausrollen, Springformrand darumlegen. Die Form auf dem Rost in den vorgeheizten Backofen schieben.

Ober-/Unterhitze: etwa 180 °C
Heißluft: etwa 160 °C
Backzeit: etwa 15 Minuten.

2. Den Tortenboden sofort vom Springformboden lösen, aber darauf erkalten lassen. Tortenboden auf eine Tortenplatte legen.

3. Für den Brandteig Wasser mit Butter oder Margarine, Salz und Zucker zum Kochen bringen. Mehl mit Speisestärke mischen, sieben, auf einmal in die von der Kochstelle genommene Flüssigkeit schütten, zu einem glatten Kloß rühren, unter Rühren etwa 1 Minute erhitzen. Den heißen Kloß sofort in eine Schüssel geben. Nach und nach Eier mit Handrührgerät mit Knethaken auf höchster Stufe unterarbeiten. Die Eiermenge hängt von der Beschaffenheit des Teiges ab, er muss stark glänzen und so von einem Löffel abreißen, dass lange Spitzen hängen bleiben. Backpulver in den erkalteten Teig arbeiten.

4. Den Teig in 4 Portionen teilen. Aus 3 Portionen 3 Böden backen. Dazu jeweils 1 Teigportion auf einen Springformboden (Ø 26 cm, Boden gefettet, gemehlt) streichen. Springformrand darumstellen. Die Formen nacheinander (bei Heißluft zusammen) in den vorgeheizten Backofen schieben.

Ober-/Unterhitze: 200–220 °C
Heißluft: 180–200 °C
Backzeit: etwa 15 Minuten je Boden.

5. Die Gebäckböden sofort aus den Formen lösen und einzeln auf je einem Kuchenrost erkalten lassen. Restlichen Teig in einen Spritzbeutel mit Lochtülle (Ø 5 mm) füllen und in Form von Blättern auf ein Backblech (gefettet, gemehlt) spritzen. Das Backblech in den vorgeheizten Backofen schieben und die Blätter **bei gleicher Backofeneinstellung etwa 10 Minuten** backen. Das Gebäck vom Backblech lösen und auf einem Kuchenrost erkalten lassen.

6. Für die Füllung Weintrauben waschen, trockentupfen, entstielen und halbieren. Gelatine in kaltem Wasser nach Packungsanleitung einweichen. Wein mit Zucker und eventuell Zitronensaft in einem Topf erhitzen. Die gut ausgedrückte Gelatine darin unter Rühren vollständig auflösen. Die Weinflüssigkeit kaltstellen.

7. Sahne steif schlagen. Sobald die Weinflüssigkeit anfängt dicklich zu werden, Sahne unterheben. Zum Bestreichen Konfitüre durch ein Sieb streichen. Den Knetteigboden damit bestreichen und mit einem Brandteigboden belegen. Die Hälfte der Weincreme darauf verteilen, mit einem Drittel der Weintrauben belegen. Zweiten Boden darauflegen, restliche Creme darauf verteilen, mit einem Drittel der Weintrauben belegen, mit dem dritten Boden bedecken.

8. Die Torte mit Puderzucker bestäuben und mit den restlichen Weintrauben und Gebäckblättern garnieren.

Doppelkeks-Torte

Zubereitungszeit:
30 Minuten, ohne Kühlzeit

Für den Teig:
21 mit Schokolade gefüllte Doppelkekse (Ø etwa 6 cm)

Für die Creme:
150 g weiße Kuvertüre
50 g Schlagsahne
4 Blatt weiße Gelatine
200 g Schlagsahne

Zum Garnieren:
etwa 30 g weiße Kuvertüre

Insgesamt:
E: 53 g, F: 249 g, Kh: 442 g, kJ: 17774, kcal: 4247

1. Backpapier auf eine Tortenplatte legen. Einen Springformrand (Ø 20 cm) öffnen und auf das Backpapier stellen. Den Boden mit sieben Keksen auslegen.

2. Für die Creme Kuvertüre in kleine Stücke schneiden, mit Sahne in einem kleinen Topf im Wasserbad bei schwacher Hitze schmelzen.

3. Gelatine in kaltem Wasser nach Packungsanleitung einweichen, leicht ausdrücken und in der heißen Kuvertüre unter Rühren auflösen.

4. Sahne steif schlagen und die Kuvertüre in 2 Portionen nach und nach unterrühren (Schokolade darf nicht zu kalt werden).

5. Die Hälfte der Creme auf die Kekse geben und glattstreichen. Sieben weitere Kekse so auf die Creme legen, dass sie versetzt zu den unteren Keksen liegen. Restliche Creme darauf verteilen. Die restlichen Kekse wieder versetzt darauflegen und vorsichtig in die Creme drücken. Die Torte etwa 2 Stunden kaltstellen.

6. Den Springformrand mit einem Messer lösen und entfernen.

7. Zum Garnieren Kuvertüre mit einem Sparschäler zu Locken schaben und auf die Tortenoberfläche streuen.

Orangen-Möhren-Torte

Zubereitungszeit:
95 Minuten, ohne Kühlzeit

Backzeit:
etwa 40 Minuten

Für den Biskuitteig:
4 Eier (Größe M)
3 EL heißes Wasser
150 g Zucker
1 Pck. Dr. Oetker Vanillin-Zucker
½ Pck. Dr. Oetker Finesse Orangenfrucht
100 g Weizenmehl
1 gestr. TL Dr. Oetker Backin
250 g vorbereitete, geraspelte Möhren
150 g abgezogene, gemahlene Mandeln

Für die Orangencreme:
4 Blatt weiße Gelatine
1 Pck. Dr. Oetker Pudding-Pulver Vanille-Geschmack
40 g Zucker
250 ml (¼ l) Orangensaft
125 ml (⅛ l) Möhrensaft
400 g Schlagsahne
½ Pck. Dr. Oetker Finesse Orangenfrucht

Zum Garnieren und Bestreuen:
200 g Marzipan-Rohmasse
100 g gesiebter Puderzucker
grüne, gelbe und rote Speisefarbe
gehackte Pistazienkerne

Insgesamt:
E: 112 g, F: 312 g, Kh: 537 g,
kJ: 22874, kcal: 5464

1. Für den Teig Eier und Wasser mit Handrührgerät mit Rührbesen auf höchster Stufe in 1 Minute schaumig schlagen. Zucker und Vanillin-Zucker mischen, in 1 Minute einstreuen, dann noch etwa 2 Minuten schlagen. Orangenfrucht unterrühren.

2. Mehl mit Backpulver mischen, auf die Eiercreme sieben und kurz auf niedrigster Stufe unterrühren. Möhren und Mandeln unterheben. Den Teig in eine Springform (Ø 26 cm, Boden gefettet, mit Backpapier belegt) geben und glattstreichen. Die Form auf dem Rost in den vorgeheizten Backofen schieben.

Ober-/Unterhitze: etwa 180 °C
Heißluft: etwa 160 °C
Backzeit: etwa 40 Minuten.

3. Den Biskuitboden aus der Form lösen, auf einen mit Backpapier belegten Kuchenrost stürzen, mitgebackenes Backpapier abziehen. Biskuitboden erkalten lassen, dann einmal waagerecht durchschneiden.

4. Für die Orangencreme Gelatine in kaltem Wasser nach Packungsanleitung einweichen. Einen Pudding nach Packungsanleitung mit Zucker, aber nur mit der hier angegebenen Menge Orangen- und Möhrensaft zubereiten. Ausgedrücke Gelatine in dem heißen Pudding unter Rühren vollständig auflösen. Pudding mit Klarsichtfolie zudecken und erkalten lassen.

5. Sahne steif schlagen, Orangenfrucht unterheben. Den kalten Pudding kurz durchrühren und die Orangensahne unterheben.

6. Den unteren Biskuitboden auf eine Tortenplatte legen und mit der Hälfte der Orangencreme bestreichen. Den oberen Biskuitboden darauflegen. Tortenoberfläche und -rand mit der restlichen Orangencreme bestreichen. Torte 2–3 Stunden kaltstellen.

7. Zum Garnieren Marzipan-Rohmasse in Stücke schneiden und mit Puderzucker verkneten. Ein walnussgroßes Stück davon mit grüner Speisefarbe einfärben und Möhrenlaub für 10 Möhren formen. Restliches Marzipan mit roter und gelber Speisefarbe in „Möhrenorange" einfärben und 10 Möhren formen.

8. Die Tortenoberfläche mit den Möhren und dem Möhrenlaub garnieren und mit Pistazienkernen bestreuen.

Einfach – klassisch – mit Alkohol

Mokka-Sahne-Torte mit Whisky

Zubereitungszeit:
40 Minuten, ohne Kühlzeit

Backzeit:
20–30 Minuten

Für den Biskuitteig:

4	*Eier (Größe M)*
3–4 EL	*heißes Wasser*
150 g	*Zucker*
1 Pck.	*Dr. Oetker Bourbon-Vanille-Aroma*
100 g	*Weizenmehl*
100 g	*Speisestärke*
3 gestr. TL	*Dr. Oetker Backin*

Für die Füllung:

5 EL	*Whisky*
40 g	*Zucker*
3 Blatt	*weiße Gelatine*
750 g	*Schlagsahne*
3 EL	*Whisky zum Tränken*
1 Pck.	*Dr. Oetker Vanillin-Zucker*
2 TL	*Zucker*
3–4 TL	*Instant-Kaffee*

Zum Garnieren:

	Mokkabohnen
etwa 1 TL	*Instant-Kaffee*

Insgesamt:
E: 60 g, F: 266 g, Kh: 414 g, kJ: 19294, kcal: 4611

1. Für den Teig Eier und Wasser mit Handrührgerät mit Rührbesen auf höchster Stufe in 1 Minute schaumig schlagen. Zucker in 1 Minute einstreuen, dann noch etwa 2 Minuten schlagen, Vanille-Aroma unterrühren. Mehl mit Speisestärke und Backpulver mischen, die Hälfte davon auf die Eiercreme sieben und kurz auf niedrigster Stufe unterrühren.

2. Restliches Mehlgemisch auf die gleiche Weise unterarbeiten. Den Teig in eine Springform (Ø 26 cm, Boden gefettet, mit Backpapier belegt) füllen und glattstreichen. Die Form auf dem Rost in den vorgeheizten Backofen stellen.

Ober-/Unterhitze: 180–200 °C
Heißluft: 160–180 °C
Backzeit: 20–30 Minuten.

3. Den Biskuitboden aus der Form lösen und auf einen mit Backpapier belegten Kuchenrost stürzen. Biskuitboden erkalten lassen. Mitgebackenes Backpapier abziehen. Biskuitboden zweimal waagerecht durchschneiden.

4. Für die Füllung Whisky mit Zucker verrühren. Gelatine in kaltem Wasser nach Packungsanleitung einweichen. Gelatine leicht ausdrücken und in einem kleinen Topf unter Rühren bei schwacher Hitze erwärmen (nicht kochen), bis sie völlig gelöst ist.

5. Gelatine mit der Whiskyflüssigkeit verrühren. 250 g Sahne steif schlagen und unterheben. Den unteren Biskuitboden mit Whisky tränken und auf eine Tortenplatte legen. Die Whiskysahne darauf verteilen. Den mittleren Boden darauflegen.

6. Restliche Sahne mit Sahnesteif, Zucker, Vanillin-Zucker und Instant-Kaffee-Pulver steif schlagen. Ein Drittel der Kaffeesahne auf den mittleren Biskuitboden streichen. Mit dem oberen Biskuitboden belegen und leicht andrücken.

7. Tortenoberfläche und -rand mit etwas von der restlichen Kaffeesahne bestreichen. Restliche Kaffeesahne in einen Spritzbeutel mit Sterntülle füllen. Die Torte damit verzieren und mit Mokkabohnen garnieren. Torte etwa 1 Stunde kaltstellen.

8. Vor dem Servieren Tortenmitte und -rand mit Instant-Kaffee-Pulver bestäuben.

Tipp: Sie können die Torte statt mit einem Biskuitboden auch mit einem Knetteigboden zubereiten. Dafür 150 g Weizenmehl in eine Rührschüssel sieben. 40 g Zucker, 1 Päckchen Dr. Oetker Vanillin-Zucker und 100 g Butter oder Margarine hinzufügen. Die Zutaten mit Handrührgerät mit Rührbesen zu einem glatten Teig verarbeiten. Den Teig auf dem Boden einer Springform (Ø 26 cm, gefettet) ausrollen, Springformrand darumlegen. Bei der oben angegebenen Backofeneinstellung in 15–20 Minuten fertig backen.

Erdbeer-Wein-Torte

Zubereitungszeit:
40 Minuten, ohne Quell- und Kühlzeit

Für die Füllung:

1 Pck.	gemahlene Gelatine, weiß
125 ml (⅛ l)	Weißwein
3	Eigelb (Größe M)
120 g	Zucker
1 Pck.	Dr. Oetker Vanillin-Zucker
1 EL	Zitronensaft
125 ml	(⅛ l) Weißwein
250 g	Schlagsahne
300 g	Erdbeeren
1	heller Biskuitboden (Ø 26 cm, fertig gekauft)

Zum Verzieren und Garnieren:

50 g	abgezogene, gehobelte Mandeln
250 g	Schlagsahne
1 Pck.	Dr. Oetker Sahnesteif
1 Pck.	Dr. Oetker Vanillin-Zucker
einige	vorbereitete, halbierte Erdbeeren

Insgesamt:
E: 73 g, F: 230 g, Kh: 551 g, kJ: 20145, kcal: 4813

1. Für die Füllung Gelatine mit Wein in einem kleinen Topf anrühren und 10 Minuten zum Quellen stehen lassen.

2. Eigelb, Zucker, Vanillin-Zucker, Zitronensaft und Wein in einen Edelstahltopf oder eine Edelstahlschüssel geben und mit Handrührgerät mit Rührbesen auf niedrigster Stufe im heißen Wasserbad so lange schlagen, bis die Masse durch und durch schaumig ist (das Volumen muss sich etwa verdoppeln – Wasser und Weinschaum nicht kochen lassen, da die Masse sonst gerinnt).

3. Den Topf oder die Schüssel aus dem Wasserbad nehmen und so lange weiterschlagen, bis die Masse erkaltet ist.

4. Eingeweichte Gelatine unter Rühren erhitzen, bis sie völlig gelöst ist. Gelatine unter die Weinschaummasse rühren.

5. Sahne steif schlagen. Sobald die Weinschaummasse anfängt dicklich zu werden, Sahne vorsichtig unterheben.

6. Erdbeeren waschen, gut abtropfen lassen, entstielen und in Stücke schneiden. Den Tortenboden einmal waagerecht durchschneiden. Den unteren Boden auf eine Tortenplatte legen. Die Hälfte der Weincreme daraufgeben und glattstreichen. Erdbeerstücke darauflegen und die restliche Creme darauf verteilen. Den oberen Biskuitboden darauflegen und leicht andrücken.

7. Zum Verzieren und Garnieren Mandeln in einer Pfanne ohne Fett goldbraun rösten und auf einem Teller erkalten lassen. Sahne mit Sahnesteif und Vanillin-Zucker steif schlagen. Tortenrand und -oberfläche mit zwei Dritteln der Sahne bestreichen. Torte etwa 15 Minuten kaltstellen. Den Tortenrand mit den Mandeln bestreuen.

8. Restliche Sahne in einen Spritzbeutel mit Sterntülle füllen. Die Tortenoberfläche damit verzieren und mit den Erdbeerhälften garnieren.

Tipp: Nur ganz frische Eier verwenden, die nicht älter als 5 Tage sind (Legedatum beachten!). Sie können auch den selbst gebackenen Biskuitboden von Seite 59 verwenden.

Für Gäste – mit Alkohol

Flockentorte mit Amarenakirschen

Zubereitungszeit:
40 Minuten, ohne Kühlzeit

Backzeit:
etwa 20 Minuten je Boden

	Zum Vorbereiten:
1 Glas	*Amarenakirschen (Abtropfgewicht 130 g)*
	Für den Brandteig:
125 ml (⅛ l)	*Wasser*
50 g	*Butter oder Margarine*
1 Prise	*Salz*
75 g	*Weizenmehl*
25 g	*Speisestärke*
2–3 Eier	*(Größe M)*
	Für die Füllung:
2–3	*Orangen*
100 ml	*Orangensaft (von den Orangen)*
500 g	*Ricotta*
250 g	*Mascarpone*
2 Pck.	*Dr. Oetker Sahnesteif*
120 g	*Zucker*
1 Pck.	*Dr. Oetker Vanillin-Zucker*
3 EL	*Kirschsaft (aus dem Glas)*
1	*Bio-Orange (unbehandelt, ungewachst)*
1 EL	*Kirschsaft (aus dem Glas)*

Insgesamt:
E: 86 g, F: 247 g, Kh: 326 g, kJ: 16459, kcal: 3913

1. Zum Vorbereiten Kirschen in einem Sieb abtropfen lassen und den Saft dabei auffangen.

2. Für den Teig Wasser mit Butter oder Margarine und Salz am besten in einem Stieltopf zum Kochen bringen. Mehl mit Speisestärke sieben, auf einmal in die von der Kochstelle genommene Flüssigkeit schütten, zu einem glatten Kloß rühren und unter Rühren etwa 1 Minute erhitzen.

3. Den heißen Kloß sofort in eine Rührschüssel geben. Nach und nach Eier mit Handrührgerät mit Knethaken auf höchster Stufe unterarbeiten. Die Eiermenge hängt von der Beschaffenheit des Teiges ab, er muss stark glänzen und so von einem Löffel abreißen, dass lange Spitzen hängen bleiben.

4. Aus dem Teig drei Böden backen. Dazu jeweils ein Drittel des Teiges auf einen Springformboden (Ø 26 cm, gefettet, gemehlt) streichen (darauf achten, dass die Teiglage am Rand nicht zu dünn ist, damit der Boden dort nicht zu dunkel wird). Die Böden ohne Springformrand backen. Die Springformböden nacheinander (bei Heißluft 2 Böden zusammen) auf dem Rost in den vorgeheizten Backofen schieben.

Ober-/Unterhitze: 200–220 °C
Heißluft: 180–200 °C
Backzeit: etwa 20 Minuten je Boden.

5. Die Gebäckböden sofort von den Springformböden lösen und einzeln auf je einem Kuchenrost erkalten lassen.

6. Für die Füllung Kirschen (3–4 Kirschen beiseitelegen) in kleine Stücke schneiden. Orangen auspressen und 100 ml Saft abmessen.

7. Ricotta und Mascarpone mit Sahnesteif gut verrühren. Zucker und Vanillin-Zucker unterrühren. Die Masse halbieren.

8. Unter eine Hälfte die Kirschstücke und 3 Esslöffel Kirschsaft rühren. Den unteren Gebäckboden auf eine Tortenplatte legen. Die Kirsch-Ricotta-Creme darauf verteilen und mit dem zweiten Gebäckboden belegen.

9. Restliche Ricottamasse mit dem abgemessenen Orangensaft verrühren. Zwei Drittel davon auf den zweiten Gebäckboden streichen. Den dritten Gebäckboden darauflegen. Restliche Orangen-Ricotta-Creme daraufgeben und glattstreichen.

10. Orange heiß abwaschen und in dünne Scheiben schneiden. Orangenscheiben vierteln. Die Torte mit den beiseite gelegten Kirschen und Orangenstückchen garnieren und mit einem Esslöffel Kirschsaft verzieren. Die Torte etwa 1 Stunde kaltstellen.

Mit Alkohol

Eierlikör-Pflaumen-Torte

Zubereitungszeit:
45 Minuten, ohne Kühlzeit

2 Lagen	*von 1 dunklen Wiener Boden (fertig gekauft)*

Für den Belag:

500 g	*Pflaumen*
1 Pck.	*Gala Karamell-Pudding-Pulver*
400 ml	*Milch*
4 EL	*Zucker*
75 g	*Knusper Flakes*

Für die Eierlikör-Sahne:

600 g	*Schlagsahne*
3 Pck.	*Dr. Oetker Sahnesteif*
30 g	*Zucker*
75 ml	*Eierlikör*

Zum Garnieren:

50 g	*Knusper Flakes*

Insgesamt:
E: 57 g, F: 230 g, Kh: 523 g, kJ: 19166, kcal: 4563

1. Eine Lage des Biskuitbodens auf eine Tortenplatte legen.

2. Für den Belag Pflaumen waschen, abtrocknen, entsteinen und in Spalten schneiden (einige zum Garnieren beiseitelegen). Die Hälfte der Pflaumenspalten auf dem Biskuitboden verteilen. Einen Karamell-Pudding nach Packungsanleitung, aber mit nur 400 ml Milch und 4 Esslöffeln Zucker zubereiten. Pudding etwas abkühlen lassen, auf die Pflaumenspalten geben und glattstreichen. Die Knusper Flakes daraufstreuen.

3. Für die Eierlikör-Sahne Sahne mit Sahnesteif und Zucker steif schlagen, Eierlikör unterrühren. 3 Esslöffel der Eierlikörsahne in einen Spritzbeutel mit großer Sterntülle füllen und beiseitelegen.

4. Ein Drittel der restlichen Eierlikörsahne auf den Knusper-Flakes-Boden streichen und mit den restlichen Pflaumenspalten belegen. Den zweiten Biskuitboden darauflegen.

5. Tortenoberfläche und -rand mit der restlichen Eierlikör-Sahne bestreichen. Mit der Eierlikörsahne aus dem Spritzbeutel Tuffs auf den Tortenrand spritzen. Die Torte mit den beiseite gelegten Pflaumenspalten garnieren und mit Knupser Flakes bestreuen. Torte 1–2 Stunden kalt stellen.

Tipp: Sie können den Biskuitboden auch selber backen. Dafür 3 Eier mit Handrührgerät mit Rührbesen auf höchster Stufe in 1 Minute schaumig schlagen. 150 g gesiebten Puderzucker mit 1 Päckchen Dr. Oetker Bourbon-Vanille-Zucker mischen, in 1 Minute einstreuen, dann noch etwa 2 Minuten schlagen. 75 g Weizenmehl mit 75 g Speisestärke, 10 g Kakaopulver und 3 gestrichenen Teelöffeln Backpulver mischen, die Hälfte davon auf die Eiercreme sieben, kurz auf niedrigster Stufe unterrühren. Restliches Mehlgemisch auf die gleiche Weise unterarbeiten. Zuletzt 150 ml Speiseöl und 150 ml Eierlikör unterrühren. Den Teig in eine Springform (Ø 26 cm, Boden gefettet, mit Backpapier belegt) füllen und im vorgeheizten Backofen bei Ober-/Unterhitze: etwa 180 °C, Heißluft: etwa 160 °C etwa 40 Minuten backen. Den Boden auf einen mit Backpapier belegten Kuchenrost stürzen, erkalten lassen und einmal waagerecht durchschneiden.

Für Gäste – mit Alkohol – dauert länger

Sekttorte

Zubereitungszeit:
60 Minuten, ohne Kühlzeit

Backzeit:
35–45 Minuten

Für den Knetteig:
100 g Weizenmehl
40 g Puderzucker
½ Pck. Dr. Oetker Bourbon-Vanille-Zucker
1 Eigelb (Größe M)
60 g Butter oder Margarine

Für den Biskuitteig:
4 Eier (Größe M)
150 g Zucker
½ Pck. Dr. Oetker Bourbon-Vanille-Zucker
125 g Weizenmehl
50 g Speisestärke
½ gestr. TL Dr. Oetker Backin
50 g zerlassene, abgekühlte Butter

Für die Füllung:
2 geh. EL Himbeergelee

Für die Sektcreme:
6 Blatt weiße Gelatine
2 Eier (Größe M)
50 g Zucker
1 Pck. Dr. Oetker Finesse Geriebene Zitronenschale
Saft von 1 Zitrone
125 ml (⅛ l) Sekt
1 Eiweiß (Größe M)
250 g Schlagsahne

Zum Verzieren und Garnieren:
250 g Schlagsahne
1 Pck. Dr. Oetker Sahnesteif
50 g weiße Kuvertüre
50 g Baiser, z. B. Baiserschalen
100 g frische oder TK-Himbeeren
1 TL gesiebter Puderzucker

Insgesamt:
E: 99 g, F: 313 g, Kh: 603 g, kJ: 24270, kcal: 5799

1. Für den Knetteig Mehl in eine Rührschüssel sieben. Restliche Zutaten hinzufügen, mit Handrührgerät mit Rührbesen auf höchster Stufe gut durcharbeiten. Anschließend auf einer bemehlten Arbeitsfläche zu einem glatten Teig verkneten. Den Teig in Folie gewickelt etwa 30 Minuten kaltstellen.

2. Für den Biskuitteig Eier trennen. Eiweiß mit Zucker und Vanille-Zucker steif schlagen, Eigelb unterheben. Mehl mit Speisestärke mischen und auf die Eischaummasse sieben, locker unterheben, zerlassene Butter vorsichtig unterrühren. Den Teig in eine Springform (Ø 26 cm, Boden gefettet, mit Backpapier belegt) geben, glattstreichen und auf dem Rost in den vorgeheizten Backofen schieben.

Ober-/Unterhitze: 180–200 °C
Heißluft: 160–180 °C
Backzeit: 25–30 Minuten.

3. Den Biskuitboden sofort aus der Form lösen, auf einen Kuchenrost stürzen und erkalten lassen. Mitgebackenes Backpapier abziehen.

4. Den Knetteig auf dem Boden der Springform (Ø 26 cm, Boden gefettet) ausrollen, Springformrand darumlegen. Teigboden mehrmals mit einer Gabel einstechen. Die Form auf dem Rost in den vorgeheizten Backofen schieben.

Ober-/Unterhitze: etwa 180 °C
Heißluft: etwa 160 °C
Backzeit: 10–15 Minuten.

5. Den Boden sofort vom Springformboden lösen, aber darauf erkalten lassen.

6. Für die Füllung Gelee erwärmen. Den Knetteigboden auf eine Tortenplatte legen und mit Gelee bestreichen. Den Biskuitboden einmal waagerecht durchschneiden. Den unteren Boden auf den Knetteigboden legen. Einen Tortenring darumlegen.

7. Für die Creme Gelatine in kaltem Wasser nach Packungsanleitung einweichen. Eier trennen. Eigelb mit Zucker, Zitronenschale, -saft und Sekt in einem Topf mit einem Schneebesen verrühren, unter Rühren bei schwacher Hitze zum Kochen bringen. Topf von der Kochstelle nehmen. Gelatine leicht ausdrücken und unterrühren, bis sie völlig gelöst ist. Eiweiß steif schlagen und unter die Sektmasse heben, kurz kaltstellen.

8. Sahne steif schlagen. Wenn die Masse anfängt dicklich zu werden, Sahne unterheben. Die Hälfte der Sektcreme auf den Biskuitboden streichen und den oberen Biskuitboden darauflegen. Restliche Sektcreme darauf verteilen. Die Torte etwa 1 Stunde kaltstellen.

9. Zum Verzieren und Garnieren Sahne mit Sahnesteif steif schlagen. Die Torte rundherum damit bestreichen. Kuvertüre in Späne hobeln. Den Tortenrand mit einigen Kuvertürespänen bestreuen. Baiser zerbröseln und kuppelartig auf die Torte legen. Restliche Kuvertürespäne dazwischen streuen. Himbeeren verlesen oder auftauen lassen. Die Torte mit den Himbeeren garnieren und mit Puderzucker bestäuben.

Tipp: Anstelle von Sekt können Sie auch Champagner verwenden. Für die Füllung nur ganz frische Eier verwenden, die nicht älter als 5 Tage sind (Legedatum beachten!).

Großherzogin-Luise-Torte

Zubereitungszeit:
60 Minuten, ohne Kühlzeit

Backzeit:
45–55 Minuten

Für den Rührteig:

1 Tafel	*(100 g) Edelbitter-Schokolade (mind. 50 % Kakaoanteil)*
80 g	*Butter oder Margarine*
80 g	*Zucker*
1 Pck.	*Dr. Oetker Vanillin-Zucker*
1 Pck.	*Dr. Oetker Finesse Jamaika-Rum-Aroma*
5	*Eigelb (Größe M)*
200 g	*abgezogene, gemahlene Mandeln*
½ gestr. TL	*Dr. Oetker Backin*
5	*Eiweiß (Größe M)*
1 Prise	*Salz*

Für die Füllung:

1 Pck.	*Dr. Oetker Pudding-Pulver Schokoladen-Geschmack*
40 g	*Zucker*
200 ml	*Milch*
200 g	*Schlagsahne*
100 g	*weiche Butter*
1 Tafel	*(100 g) Edelvollmilch-Schokolade mit Champagner-Trüffelfüllung*

Für den Guss:

1 Tafel	*(100 g) Edelbitter-Schokolade (mind. 50 % Kakaoanteil)*
2 EL	*Schlagsahne*

Zum Garnieren und Bestäuben:

1 Tafel	*(100 g) Edelvollmilch-Schokolade mit Champagner-Trüffelfüllung*
2–3 EL	*Kakaopulver*

Insgesamt:
E: 116 g, F: 514 g, Kh: 370 g, kJ: 27655, kcal: 6607

1. Für den Teig Schokolade in kleine Stücke schneiden. Butter oder Margarine in einer Rührschüssel mit Handrührgerät mit Rührbesen auf höchster Stufe geschmeidig rühren. Nach und nach Zucker, Vanillin-Zucker und Aroma unterrühren.

2. So lange rühren, bis eine gebundene Masse entstanden ist. Eigelb nach und nach unterrühren (jedes Eigelb knapp ½ Minute). Mandeln mit Backpulver und Schokoladenstückchen mischen, in 2 Portionen auf mittlerer Stufe unterrühren. Eiweiß mit Salz steif schlagen und unterheben.

3. Den Teig in eine Springform (Ø 26 cm, Boden gefettet, mit Backpapier belegt) geben und glattstreichen. Die Form auf dem Rost in den vorgeheizten Backofen schieben.

Ober-/Unterhitze: etwa 180 °C
Heißluft: etwa 160 °C
Backzeit: 45–55 Minuten.

4. Den Gebäckboden aus der Form lösen, auf einen mit Backpapier belegten Kuchenrost stürzen. Mitgebackenes Backpapier abziehen. Boden erkalten lassen, einmal waagerecht durchschneiden. Den unteren Gebäckboden auf eine Tortenplatte legen.

5. Für die Füllung aus Pudding-Pulver, Zucker, Milch und Sahne nach Packungsanleitung, aber mit der hier angegebenen Milch- und Sahnemenge einen Pudding zubereiten. Pudding in eine Rührschüssel geben. Butter in etwa 3 mm dicke Scheiben schneiden und auf den heißen Pudding legen. Die Schüssel mit Frischhaltefolie zudecken. Puddingmasse etwa 2 Stunden kaltstellen.

6. Puddingmasse mit Handrührgerät mit Rührbesen zu einer cremigen Masse aufschlagen. Gut zwei Drittel der Creme auf den unteren Boden streichen. Schokolade in große Stücke schneiden und auf der Creme verteilen. Den oberen Gebäckboden darauflegen. Tortenrand und -oberfläche dünn mit der restlichen Creme bestreichen. Die Torte etwa 1 Stunde kaltstellen.

7. Für den Guss Schokolade in kleine Stücke brechen, mit Sahne in einem kleinen Topf im heißen Wasserbad bei schwacher Hitze schmelzen. Die Schokolade auf die Tortenoberfläche geben und verstreichen.

8. Zum Garnieren und Bestäuben Schokolade in Stücke brechen. Die Tortenoberfläche damit garnieren. Den Tortenrand mit Kakao bestäuben. Die Torte nochmals etwa 30 Minuten kaltstellen.

Tipp: Die Schokolade in den Kühlschrank legen, bevor sie geschnitten wird. Statt Schokolade mit einer Champagner-Trüffelfüllung können auch Trüffelpralinen verwendet werden.

Johannisbeer-Baiser-Torte

Zubereitungszeit:
45 Minuten, ohne Saftzieh- und Abkühlzeit

Backzeit:
20–25 Minuten

Für den Rührteig:
- 100 g Butter oder Margarine
- 100 g Zucker
- 1 Pck. Dr. Oetker Vanillin-Zucker
- 1 Prise Salz
- 2 Eier (Größe M)
- 100 g Weizenmehl
- 1 Msp. Dr. Oetker Backin

Zum Bestreuen:
- etwas Dr. Oetker Sahnesteif

Für den Belag:
- 500 g Johannisbeeren
- 125 g Zucker

Für den Guss:
- 1 Pck. Tortenguss, klar
- 30 g Zucker
- 250 ml (¼ l) Johannisbeersaft (evtl. mit Wasser aufgefüllt)

Für das Baiser:
- 1 Eiweiß (Größe M)
- 50 g Zucker

Insgesamt:
E: 33 g, F: 101 g, Kh: 430 g, kJ: 11821, kcal: 2823

1. Für den Teig Butter oder Margarine mit Handrührgerät mit Rührbesen auf höchster Stufe geschmeidig rühren. Nach und nach Zucker, Vanillin-Zucker und Salz unterrühren. So lange rühren, bis eine gebundene Masse entstanden ist.

2. Eier nach und nach unterrühren (jedes Ei etwa ½ Minute). Mehl mit Backpulver mischen, sieben und auf mittlerer Stufe unterrühren.

3. Den Teig in eine Springform (Ø 26 cm, gefettet) geben und glattstreichen. Die Form auf dem Rost in den vorgeheizten Backofen schieben.

Ober-/Unterhitze: 180–200 °C
Heißluft: 160–180 °C
Backzeit: 20–25 Minuten.

4. Den Gebäckboden aus der Form lösen und auf einen Kuchenrost stürzen. Tortenboden erkalten lassen und auf eine Tortenplatte legen. Gebäckboden mit Sahnesteif bestreuen, damit er nicht durchweicht.

5. Für den Belag Johannisbeeren waschen, abtropfen lassen und entstielen, mit Zucker mischen. Johannisbeeren eine Zeit lang zum Saft ziehen stehen lassen.

6. Johannisbeeren in einem Sieb abtropfen lassen, den Saft dabei auffangen. Johannisbeeren auf dem Gebäckboden verteilen.

7. Für den Guss aus Tortengusspulver, Zucker und Saft nach Packungsanleitung einen Guss zubereiten und auf den Johannisbeeren verteilen. Guss fest werden lassen.

8. Für das Baiser Eiweiß mit Handrührgerät mit Rührbesen auf höchster Stufe steif schlagen. Der Schnee muss so fest sein, dass ein Messerschnitt sichtbar bleibt. Nach und nach kurz Zucker unterschlagen.

9. Die Baisermasse in einen Spritzbeutel mit Sterntülle füllen und nach Belieben ein Blüte auf den fest gewordenen Tortenguss spritzen.

10. Die Torte auf dem Rost unter den vorgeheizten Grill schieben und das Baiser etwa 10 Minuten überbacken.

Heidelbeertorte mit Weincreme

Zubereitungszeit:
40 Minuten, ohne Kühlzeit

Für den Boden:
12 *Zwiebäcke*
200 g *Nuss-Nougat*

Für die Weincreme:
1 Pck. *Dr. Oetker Pudding-Pulver Sahne-Geschmack*
60 g *Zucker*
400 ml *Weißwein*

Für den Belag:
2 Gläser *Heidelbeeren (Einwaage je 225 g)*
250 ml (¼ l) *Heidelbeersaft (aus den Gläsern)*
1 Pck. *Tortenguss, klar*
1 EL *Zucker*

Außerdem:
200 g *Schlagsahne*
2 Pck. *Dr. Oetker Sahnesteif*
etwas *Puderzucker*

Insgesamt:
E: 30 g, F: 113 g, Kh: 456 g, kJ: 13837, kcal: 3303

1. Für den Boden Zwiebäcke in einen Gefrierbeutel geben, Beutel verschließen. Zwiebäcke mit einer Teigrolle sehr fein zerbröseln. Nuss-Nougat in einem kleinen Topf im Wasserbad bei schwacher Hitze schmelzen. Zwiebackbrösel mit der Nuss-Nougat-Masse verkneten.

2. Einen Springformrand (Ø 26 cm) auf eine mit Tortenspitze belegte Tortenplatte stellen. Die Bröselmasse hineingeben und mit einem Löffel zu einem Boden andrücken, fest werden lassen.

3. Für die Weincreme aus Pudding-Pulver, Zucker und Wein nach Packungsanleitung (aber mit der hier angegebenen Weinmenge) einen Pudding zubereiten und in eine Schüssel geben. Pudding direkt mit Klarsichtfolie belegen, erkalten lassen.

4. Für den Belag Heidelbeeren in einem Sieb abtropfen lassen, den Saft auffangen und 250 ml (¼ l) davon abmessen. Einen Guss aus Tortengusspulver, Saft und Zucker nach Packungsanleitung zubereiten. Heidelbeeren (einige Beeren zum Garnieren beiseitelegen) unterheben, abkühlen lassen.

5. Sahne mit Sahnesteif steif schlagen und unter den durchgerührten Pudding heben. Die Heidelbeermasse auf dem Tortenboden verteilen, dann die Sahne daraufgeben und glattstreichen. Die Torte etwa 2 Stunden kaltstellen.

6. Den Springformrand lösen und entfernen. Die Tortenoberfläche kurz vor dem Verzehr mit den beiseite gelegten Heidelbeeren garnieren und leicht mit Puderzucker bestäuben.

Jägertorte

Zubereitungszeit:
35 Minuten, ohne Abkühlzeit

Backzeit:
etwa 40 Minuten

Für den Rührteig:

150 g	Butter oder Margarine
150 g	Zucker
1 Pck.	Dr. Oetker Vanillin-Zucker
½ Fläschchen	Rum-Aroma
1 Prise	Salz
4	Eigelb (Größe M)
60 g	Weizenmehl
2 gestr. TL	Dr. Oetker Backin
1 Tafel	(100 g) geraspelte Edelbitter-Schokolade (mindestens 50 % Kakaoanteil)
100 g	gemahlene Haselnusskerne
50 g	abgezogene, gehackte Mandeln
4	Eiweiß (Größe M)

Für die Füllung:

2 Gläser	Preiselbeeren (Abtropfgewicht je 135 g)
1 Pck.	Tortenguss, rot
250 ml (¼ l)	Preiselbeersaft (aus den Gläsern)
1 TL	Zucker
600 g	Schlagsahne
2 Pck.	Dr. Oetker Sahnesteif
2 Pck.	Dr. Oetker Vanillin-Zucker

Zum Garnieren:

	vorbereitete Zitronenmelisse-blättchen
etwa 40 g	Edelbitter-Schokolade (mindestens 50 % Kakaoanteil)

Insgesamt:
E: 82 g, F: 487 g, Kh: 393 g, kJ: 26652, kcal: 6365

1. Für den Teig Butter oder Margarine mit Handrührgerät mit Rührbesen auf höchster Stufe geschmeidig rühren. Nach und nach Zucker, Vanillin-Zucker, Aroma und Salz unterrühren. So lange rühren, bis eine gebundene Masse entstanden ist.

2. Eigelb nach und nach unterrühren (jedes Eigelb knapp ½ Minute). Mehl mit Backpulver mischen, sieben und auf mittlerer Stufe unterrühren. Schokoladenraspel, Haselnusskerne und Mandeln unterrühren. Eiweiß steif schlagen und vorsichtig unter den Teig heben.

3. Den Teig in eine Springform (Ø 26 cm, Boden gefettet, mit Backpapier belegt) geben und glattstreichen. Die Form auf dem Rost in den vorgeheizten Backofen schieben.

Ober-/Unterhitze: 180–200 °C
Heißluft: 160–180 °C
Backzeit: etwa 40 Minuten.

4. Den Gebäckboden aus der Form lösen und auf einen Kuchenrost stürzen. Gebäckboden erkalten lassen. Mitgebackenes Backpapier entfernen. Gebäckboden einmal waagerecht durchschneiden.

5. Für die Füllung Preiselbeeren in einem Sieb abtropfen lassen, den Saft auffangen und 250 ml (¼ l) abmessen.

6. Einen Guss aus Tortengusspulver, Preiselbeersaft und Zucker nach Packungsanleitung zubereiten. Die Hälfte der Preiselbeeren unterrühren.

7. Den unteren Gebäckboden auf eine Tortenplatte legen. Die Preiselbeermasse darauf verteilen, dabei einen etwa 1 cm breiten Rand frei lassen. Preiselbeermasse erkalten lassen.

8. Sahne mit Sahnesteif und Vanillin-Zucker steif schlagen. Unter die Hälfte der Sahne gut die Hälfte der Preiselbeeren rühren und auf der Preiselbeermasse verteilen. Den oberen Gebäckboden darauflegen.

9. Die Hälfte der restlichen Sahne in einen Spritzbeutel mit Sterntülle füllen. Tortenoberfläche und -rand mit der restlichen Sahne bestreichen und mit der Sahne aus dem Spritzbeutel verzieren. Torte mit den restlichen Preiselbeeren, Zitronenmelisseblättchen und geschabter Schokolade garnieren.

Tipp: Statt Edelbitter-Schokolade für den Teig und für die Verzierung kann auch Zartbitter-Raspelschokolade verwendet werden.

Buchweizentorte mit Brombeeren

Zubereitungszeit:
60 Minuten, ohne Kühlzeit

Backzeit:
30–35 Minuten

Für den Biskuitteig:
- 6 Eier (Größe M)
- 2 EL heißes Wasser
- 125 g Zucker
- 1 Pck. Dr. Oetker Finesse Geriebene Zitronenschale
- 200 g Buchweizenmehl
- ½ gestr. TL Dr. Oetker Backin

Für die Füllung:
- 375 g Brombeeren
- 6 Blatt weiße Gelatine
- 100 g Zucker
- 1 Pck. Dr. Oetker Vanillin-Zucker
- 2 EL Zitronensaft
- 500 g Schlagsahne

Zum Bestreichen:
- 225 g Brombeergelee

Für den Belag:
- 375 g Brombeeren

Zum Verzieren:
- 250 g Schlagsahne
- 1 Pck. Dr. Oetker Sahnesteif
- 1 TL Zucker

Insgesamt:
E: 86 g, F: 279 g, Kh: 591 g, kJ: 22392, kcal: 5353

1. Für den Teig Eier und Wasser mit Handrührgerät mit Rührbesen auf höchster Stufe in 1 Minute schaumig schlagen. Zucker und Zitronenschale mischen, in 1 Minute einstreuen, dann noch etwa 2 Minuten schlagen.

2. Buchweizenmehl mit Backpulver mischen. Die Hälfte davon auf die Eiercreme geben und kurz auf niedrigster Stufe unterrühren. Restliches Mehlgemisch auf die gleiche Weise unterarbeiten.

3. Den Teig in eine Springform (Ø 28 cm, Boden gefettet, mit Backpapier belegt) geben und glattstreichen. Die Form auf dem Rost in den vorgeheizten Backofen schieben.

Ober-/Unterhitze: 180–200 °C
Heißluft: 160–180 °C
Backzeit: 30–35 Minuten.

4. Den Biskuitboden sofort aus der Form lösen, auf einen Kuchenrost stürzen und erkalten lassen. Mitgebackenes Backpapier abziehen. Biskuitboden zweimal waagerecht durchschneiden.

5. Für die Füllung Brombeeren vorsichtig waschen, abtropfen lassen, eventuell entstielen, pürieren und durch ein Sieb streichen. Gelatine in kaltem Wasser nach Packungsanleitung einweichen und leicht ausdrücken. Gelatine in einem kleinen Topf unter Rühren erwärmen (nicht kochen), bis sie völlig gelöst ist.

6. Zucker, Vanillin-Zucker und Zitronensaft mischen, mit dem Brombeerpüree verrühren, Gelatine gut unterrühren.

7. Sahne steif schlagen. Wenn die Brombeermasse anfängt dicklich zu werden, Sahne unterheben.

8. Zum Bestreichen den unteren Biskuitboden auf eine Tortenplatte legen und mit 3 Esslöffeln Brombeergelee bestreichen. Einen Tortenring darumlegen. Die Hälfte der Brombeersahne auf den unteren Biskuitboden streichen und mit dem mittleren Biskuitboden belegen. Die restliche Brombeersahne darauf verteilen. Den oberen Biskuitboden darauflegen und etwas andrücken. Die Torte etwa 1 Stunde kaltstellen. Dann den Tortenring lösen und entfernen.

9. Für den Belag Brombeeren waschen, gut abtropfen lassen, eventuell entstielen. Die Tortenmitte damit belegen. Restliches Gelee unter Rühren erwärmen, bis es aufgelöst ist, etwas abkühlen lassen. Die Brombeeren damit bestreichen.

10. Zum Verzieren Sahne mit Sahnesteif und Zucker steif schlagen. Den Tortenrand mit etwas Sahne bestreichen. Restliche Sahne in einen Spritzbeutel mit Sterntülle füllen. Den Rand der Tortenoberfläche damit verzieren. Die Torte nochmals 30 Minuten kaltstellen.

Einfach

Blitz-Mokkatorte

Zubereitungszeit:
35 Minuten, ohne Kühlzeit

Backzeit:
25–30 Minuten

Für den Biskuitteig:

3	Eier (Größe M)
3 EL	heißes Wasser
150 g	Zucker
1 Pck.	Dr. Oetker Finesse Bourbon-Vanille-Aroma
100 g	Weizenmehl
100 g	Speisestärke
2 gestr. TL	Dr. Oetker Backin
5 g	Kakaopulver

Für die Füllung:

600 g	Schlagsahne
1 Pck.	Dr. Oetker Vanillin-Zucker
3 Pck.	Dr. Oetker Sahnesteif
2 Beutel	(je 15 g) Instant-Eiscafé-Pulver

Zum Garnieren:

12	Schokoladentaler
etwa 30 g	Edelbitter-Schokolade (mindestens 50 % Kakaoanteil)

Insgesamt:
E: 53 g, F: 238 g, Kh: 430 g, kJ: 17391, kcal: 4155

1. Für den Teig Eier und Wasser in einer Rührschüssel mit Handrührgerät mit Rührbesen auf höchster Stufe in 1 Minute schaumig schlagen. Zucker in einer Minute unter Rühren einstreuen, dann noch etwa 2 Minuten schlagen, Aroma hinzufügen.

2. Mehl mit Speisestärke und Backpulver mischen, die Hälfte davon auf die Eiercreme sieben und kurz auf niedrigster Stufe unterrühren. Restliches Mehlgemisch auf die gleiche Weise unterarbeiten.

3. Zwei Drittel des Teiges in eine Springform (Ø 26 cm, Boden gefettet, mit Backpapier belegt) geben und glattstreichen. Unter den restlichen Teig gesiebtes Kakaopulver rühren.

4. Den Teig mit Hilfe eines Teelöffels in Klecksen auf den hellen Teig geben und nicht verstreichen. Die Form auf dem Rost in den vorgeheizten Backofen schieben.

Ober-/Unterhitze: etwa 180 °C
Heißluft: etwa 160 °C
Backzeit: etwa 25–30 Minuten.

5. Den Tortenboden aus der Form lösen, auf einen mit Backpapier belegten Kuchenrost stürzen, erkalten lassen. Mitgebackenes Backpapier abziehen. Tortenboden wieder umdrehen und einmal waagerecht durchschneiden.

6. Für die Füllung Sahne mit Vanillin-Zucker und Sahnesteif fast steif schlagen, Eiscafé-Pulver (einen Esslöffel zum Bestreuen abnehmen) hinzufügen. Sahne steif schlagen.

7. Den unteren Boden auf eine Tortenplatte legen. Ein Drittel der Sahnemasse daraufgeben und glattstreichen, den oberen Boden darauflegen. Tortenrand und -oberfläche kuppelartig mit der restlichen Sahnemasse bestreichen. Die Torte etwa 1 Stunde kaltstellen.

8. Die Tortenoberfläche kurz vor dem Servieren mit Schokoladentalern und geschabter Schokolade garnieren. Mit dem abgenommenen Eiscafé-Pulver bestäuben.

Mit Alkohol

Apfel-Wein-Torte

Zubereitungszeit:
45 Minuten, ohne Kühlzeit

Backzeit:
etwa 60 Minuten

Für den Knetteig:

250 g	Weizenmehl
1 gestr. TL	Dr. Oetker Backin
125 g	Zucker
1 Pck.	Dr. Oetker Vanillin-Zucker
1	Ei (Größe M)
125 g	Butter oder Margarine

Zum Bestreuen:

2 EL	Semmelbrösel

Für den Belag:

1 kg	Äpfel
1 Msp.	gemahlener Zimt
2 Pck.	Pudding-Pulver Vanille-Geschmack
750 ml (3/4 l)	Apfelwein
175 g	Zucker
400 g	Schlagsahne
2 Pck.	Dr. Oetker Sahnesteif
1 Pck.	Dr. Oetker Vanillin-Zucker

Zum Bestäuben:

etwas	Kakaopulver

Insgesamt:
E: 47 g, F: 246 g, Kh: 759 g, kJ: 24224, kcal: 5787

1. Für den Teig Mehl mit Backpulver mischen und in eine Rührschüssel sieben. Zucker, Vanillin-Zucker, Ei und Butter oder Margarine hinzufügen. Die Zutaten mit Handrührgerät mit Rührbesen zunächst kurz auf niedrigster, dann auf höchster Stufe gut durcharbeiten.

2. Anschließend auf einer leicht bemehlten Arbeitsfläche zu einem glatten Teig verkneten. Sollte er kleben, ihn in Folie gewickelt eine Zeit lang kaltstellen.

3. Zwei Drittel des Teiges auf dem Boden einer Springform (Ø 28 cm, gefettet) ausrollen. Den Springformrand darumstellen. Restlichen Teig zu einer Rolle formen und so an den Formrand drücken, dass ein gut 3 cm hoher Rand entsteht. Den Teigboden mit Semmelbröseln bestreuen.

4. Für den Belag Äpfel schälen, vierteln und entkernen. Apfelviertel in dünne Spalten schneiden. Apfelspalten mit Zimt mischen und auf dem Teigboden verteilen.

5. Aus Pudding-Pulver, Apfelwein und Zucker nach Packungsanleitung, aber mit den hier angegebenen Zutaten einen Pudding zubereiten und noch heiß auf den Apfelspalten verteilen. Die Form auf dem Rost in den vorgeheizten Backofen schieben.

Ober-/Unterhitze: etwa 180 °C
Heißluft: etwa 160 °C
Backzeit: etwa 60 Minuten.

6. Die Form auf einen Kuchenrost stellen. Die Torte vom Rand lösen, aber in der Form etwa 1 Stunde abkühlen lassen. Dann Rand und Boden lösen und entfernen. Die Torte auf einem mit Backpapier belegten Kuchenrost erkalten lassen (etwa 3 Stunden).

7. Sahne mit Sahnesteif und Vanillin-Zucker steif schlagen und auf die Tortenoberfläche streichen. Torte nochmals etwa 30 Minuten kaltstellen.

8. Die Torte vor dem Servieren mit Kakao bestäuben.

Apfel-Eierlikör-Torte

Zubereitungszeit:
45 Minuten, ohne Kühlzeit

Backzeit:
Knetteig: etwa 15 Minuten
Biskuitteig: etwa 25 Minuten

Für den Knetteig:
125 g Weizenmehl
30 g Zucker
1 Pck. Dr. Oetker Vanillin-Zucker
1 Prise Salz
75 g Butter
1 EL Wasser

Für den Biskuitteig:
300 g Äpfel
3 Eier (Größe M)
125 g Zucker
1 Pck. Dr. Oetker Vanillin-Zucker
100 g Weizenmehl
1 gestr. TL Dr. Oetker Backin

Für die Füllung:
1 Pck. gemahlene Gelatine, weiß
3 EL Wasser
200 ml Eierlikör
400 g Schlagsahne

2 EL Aprikosenkonfitüre

Zum Garnieren und Verzieren:
200 g Schlagsahne
½ Pck. Dr. Oetker Sahnesteif
1 TL Zucker

1 kleiner Apfel
etwa 50 ml Eierlikör

Insgesamt:
E: 75 g, F: 288 g, Kh: 519 g,
kJ: 22107, kcal: 5285

1. Für den Knetteig Mehl in eine Rührschüssel sieben. Restliche Zutaten hinzufügen und mit Handrührgerät mit Rührbesen auf höchster Stufe gut durcharbeiten. Anschließend auf einer bemehlten Arbeitsfläche zu einem glatten Teig verkneten. Sollte er kleben, ihn in Folie gewickelt eine Zeit lang kaltstellen. Den Teig auf dem Boden einer Springform (Ø 26 cm, gefettet) ausrollen. Springformrand darumstellen. Teigboden mehrmals mit einer Gabel einstechen. Die Form auf dem Rost in den vorgeheizten Backofen schieben.

Ober-/Unterhitze: etwa 200 °C
Heißluft: etwa 180 °C
Backzeit: etwa 15 Minuten.

2. Den Knetteigboden sofort vom Springformboden lösen, aber darauf erkalten lassen.

3. Für den Biskuitteig Äpfel schälen, vierteln, entkernen und auf einer Haushaltsreibe raspeln. Eier mit Handrührgerät mit Rührbesen auf höchster Stufe in 1 Minute schaumig schlagen. Zucker und Vanillin-Zucker mischen, in 1 Minute einstreuen, dann noch etwa 2 Minuten schlagen.

4. Mehl mit Backpulver mischen, auf die Eiercreme sieben und kurz auf niedrigster Stufe unterrühren. Apfelraspel unterheben. Den Teig in eine Springform (Ø 26 cm, gefettet, mit Backpapier belegt) geben und glattstreichen. Die Form auf dem Rost in den vorgeheizten Backofen schieben.

Ober-/Unterhitze: 180–200 °C
Heißluft: 160–180 °C
Backzeit: etwa 25 Minuten.

5. Den Biskuitboden aus der Form lösen, auf einen mit Backpapier belegten Kuchenrost stürzen und erkalten lassen. Mitgebackenes Backpapier entfernen. Biskuitboden einmal durchschneiden.

6. Für die Füllung Gelatine mit kaltem Wasser in einem kleinen Topf anrühren und 10 Minuten quellen lassen. Alles unter Rühren erwärmen (nicht kochen), bis die Gelatine völlig gelöst ist, leicht abkühlen lassen. Eierlikör mit der Gelatine gut verrühren. Sahne steif schlagen. Wenn die Masse anfängt dicklich zu werden, Sahne unterheben.

7. Den Knetteigboden auf eine Tortenplatte legen und mit Konfitüre bestreichen. Den unteren Biskuitboden darauflegen und einen Tortenring darumlegen. Die Hälfte der Eierlikör-Sahne auf den Biskuitboden geben und glattstreichen. Den oberen Biskuitboden darauflegen. Restliche Eierlikör-Sahne darauf verteilen. Die Torte etwa 3 Stunden kaltstellen.

8. Zum Garnieren und Verzieren den Tortenring lösen. Sahne mit Sahnesteif und Zucker steif schlagen. Den Tortenrand mit der Hälfte der Sahne bestreichen. Restliche Sahne in einen Spritzbeutel mit kleiner Lochtülle füllen. Die Torte damit verzieren.

9. Apfel schälen, vierteln, entkernen, in kleine Stücke schneiden und auf der Torte verteilen. Die Äpfel vorsichtig mit Eierlikör beträufeln.

Tipp: Die Torte schmeckt besonders gut, wenn sie 1 Tag durchgezogen ist. Die Torte aber erst kurz vor dem Servieren mit den gewürfelten Äpfeln und dem Eierlikör garnieren.

Klassisch – gefriergeeignet

Feiner Gugelhupf

Zubereitungszeit:
35 Minuten, ohne Teiggehzeit

Backzeit:
etwa 60 Minuten

Für den Hefeteig:

200 g	*Schlagsahne*
200 g	*Butter oder Margarine*
500 g	*Weizenmehl*
1 Pck.	*Dr. Oetker Trockenbackhefe*
150 g	*Zucker*
1 Pck.	*Dr. Oetker Vanillin-Zucker*
6 Tropfen	*Zitronen-Aroma*
1 Prise	*Salz*
4	*Eier (Größe M)*
150 g	*Rosinen*
150 g	*Korinthen*
100 g	*abgezogene, gehackte Mandeln*

Zum Bestäuben:

etwas	*Puderzucker*

Insgesamt:
E: 111 g, F: 319 g, Kh: 733 g,
kJ: 26549, kcal: 6345

1. Für den Teig Sahne in einem kleinen Topf erwärmen. Butter oder Margarine darin zerlassen.

2. Mehl in eine Rührschüssel sieben und mit der Trockenbackhefe sorgfältig vermischen. Zucker, Vanillin-Zucker, Aroma, Salz, Eier und die warme Sahne-Fett-Mischung hinzufügen. Die Zutaten mit Handrührgerät mit Knethaken zunächst kurz auf niedrigster, dann auf höchster Stufe in etwa 5 Minuten zu einem glatten Teig verarbeiten. Rosinen, Korinthen und Mandeln kurz unterarbeiten. Den Teig zugedeckt so lange an einem warmen Ort gehen lassen, bis er sich sichtbar vergrößert hat.

3. Den Teig mit Handrührgerät mit Knethaken auf höchster Stufe kurz durchkneten und in eine Napfkuchenform (Ø 24 cm, gefettet) geben. Nochmals zugedeckt so lange an einem warmen Ort gehen lassen, bis er sich sichtbar vergrößert hat.

4. Die Form auf dem Rost in den vorgeheizten Backofen schieben.

Ober-/Unterhitze: etwa 180 °C
Heißluft: etwa 160 °C
Backzeit: etwa 60 Minuten.

5. Die Form auf einen Kuchenrost stellen. Den Gugelhupf etwa 10 Minuten in der Form stehen lassen, dann aus der Form lösen und auf einen mit Backpapier belegten Kuchenrost stürzen. Gugelhupf erkalten lassen und mit Puderzucker bestäuben.

Abwandlung: Statt mit Mandeln, Rosinen und Korinthen können Sie den Gugelhupf mit 100 g bunten gewürfelten Belegkirschen, 200 g getrockneten, gewürfelten Aprikosen und 50 g gehackten Pistazienkernen zubereiten. Oder nehmen Sie statt Rosinen getrocknete Cranberries.

Etwas schwieriger – gefriergeeignet

Haselnussstriezel

Zubereitungszeit:
35 Minuten, ohne Abkühlzeit

Backzeit:
etwa 45 Minuten

Für den Knetteig:

300 g	Weizenmehl
2 gestr. TL	Dr. Oetker Backin
125 g	Zucker
1 Pck.	Dr. Oetker Vanillin-Zucker
1	Ei (Größe M)
3 EL	Milch
150 g	Butter oder Margarine

Für die Füllung:

400 g	geröstete, gemahlene Haselnusskerne
1	Eiweiß (Größe M)
100 g	Zucker
1 Pck.	Dr. Oetker Bourbon-Vanille-Zucker
½ Becher (75 g)	Crème fraîche

Zum Bestreichen:

1	Eigelb (Größe M)
1 EL	Milch

Insgesamt:
E: 93 g, F: 425 g, Kh: 511 g, kJ: 26068, kcal: 6232

1. Für den Teig Mehl mit Backpulver mischen und in eine Rührschüssel sieben. Zucker, Vanillin-Zucker, Ei, Milch und Butter oder Margarine hinzufügen. Die Zutaten mit Handrührgerät mit Rührbesen zunächst kurz auf niedrigster, dann auf höchster Stufe gut durcharbeiten.

2. Anschließend auf einer bemehlten Arbeitsfläche zu einem glatten Teig verkneten. Sollte er kleben, ihn in Folie gewickelt eine Zeit lang kaltstellen.

3. Für die Füllung Haselnusskerne in einer Pfanne ohne Fett goldbraun rösten, herausnehmen und auf einem Teller erkalten lassen.

4. Haselnusskerne mit Eiweiß, Zucker, Vanille-Zucker und Crème fraîche zu einer geschmeidigen Masse verrühren.

5. Den Teig auf der bemehlten Arbeitsfläche zu einem Rechteck (etwa 30 x 45 cm) ausrollen, die Nussmasse darauf verteilen. Den Teig von der längeren Seite her aufrollen, auf Backpapier legen(rollen) und auf ein Backblech ziehen.

6. Zum Bestreichen Eigelb mit Milch verschlagen. Die Teigstange damit bestreichen und mit einem scharfen Messer zickzackförmig etwa ½ cm tief einschneiden. Das Backblech in den vorgeheizten Backofen schieben.

Ober-/Unterhitze: 180–200 °C
Heißluft: 160–180 °C
Backzeit: etwa 45 Minuten.

7. Den Striezel mit dem Backpapier vom Backblech auf einen Kuchenrost ziehen. Striezel erkalten lassen.

Tipp: Statt Haselnusskerne können auch gemahlene Mandeln verwendet werden. Zusätzlich etwa 75 g in Rum eingelegte Rosinen in die Füllung geben.

Raffiniert

Apfel-Haselnuss-Kuchen

Zubereitungszeit:
30 Minuten

Backzeit:
etwa 80 Minuten

Zum Vorbereiten:
2 mittelgroße Äpfel (350 g)
2 EL Zitronensaft
7 Eiweiß (Größe M)

Für den Teig:
7 Eigelb (Größe M)
250 g Zucker
1 Pck. Dr. Oetker Bourbon-Vanille-Zucker
500 g gemahlene Haselnusskerne

Zum Bestreichen:
2 EL Apfelgelee

Für den Guss:
150 g Zartbitter-Schokolade
30 g Kokosfett

Zum Garnieren:
etwa 20 ganze Haselnusskerne

Insgesamt:
E: 125 g, F: 451 g, Kh: 448 g, kJ: 26438, kcal: 6316

1. Zum Vorbereiten Äpfel schälen, vierteln, entkernen und auf einer Haushaltsreibe raspeln. Mit Zitronensaft beträufeln. Eiweiß eventuell in 2 Portionen steif schlagen.

2. Für den Teig Eigelb mit Zucker und Vanille-Zucker in einer Rührschüssel mit Handrührgerät mit Rührbesen zunächst kurz auf niedrigster, dann auf höchster Stufe in etwa 6 Minuten schaumig schlagen.

3. Eischnee abwechselnd mit den Haselnusskernen und den geraspelten Äpfeln unter den Teig heben. Den Teig in eine Kastenform (30 x 11 cm, gefettet, mit Backpapier ausgelegt) geben und glattstreichen. Die Form auf dem Rost in den vorgeheizten Backofen schieben.

Ober-/Unterhitze: etwa 160 °C
Heißluft: etwa 140 °C
Backzeit: etwa 80 Minuten (den Kuchen evtl. die letzten 15 Minuten mit Backpapier abdecken).

4. Den Kuchen mit dem Backpapier aus der Form heben und auf einem Kuchenrost abkühlen lassen.

5. Zum Bestreichen Gelee in einem kleinen Topf unter Rühren erhitzen. Den Kuchen damit bestreichen.

6. Für den Guss Schokolade in Stücke brechen, mit Kokosfett in einem kleinen Topf im heißen Wasserbad schmelzen. Den Kuchen damit überziehen und die Oberfläche mit Haselnusskernen garnieren. Guss fest werden lassen.

Raffiniert – gefriergeeignet

Zimtkranz

Zubereitungszeit:
45 Minuten, ohne Kühlzeit

Backzeit:
etwa 40 Minuten

Zum Vorbereiten:

1 Pck. (20 g)	Instant-Kaffee-Pulver für 1 Tasse
50 ml	warmes Wasser
50 g	Edelbitter-Schokolade (mindestens 50 % Kakaoanteil)

Für den Rührteig:

150 g	Butter oder Margarine
125 g	brauner Zucker
3	Eier (Größe M)
275 g	Weizenmehl
2 gestr. TL	Dr. Oetker Backin
2 gestr. TL	gemahlener Zimt
75 g	abgezogene, gehobelte Mandeln
25 g	abgezogene, gehobelte Mandeln für die Form

Zum Bestreichen:

125 g	rotes Johannisbeergelee

Für die Füllung:

125 g	weiche Butter
75 g	gesiebter Puderzucker
1 gestr. TL	gemahlener Zimt

Insgesamt:
E: 74 g, F: 329 g, Kh: 506 g, kJ: 22240, kcal: 5315

1. Zum Vorbereiten Kaffeepulver in warmem Wasser auflösen. Schokolade in Stücke brechen, in einem kleinen Topf im Wasserbad bei schwacher Hitze schmelzen.

2. Für den Teig Butter oder Margarine mit Handrührgerät mit Rührbesen auf höchster Stufe geschmeidig rühren. Nach und nach Zucker unterrühren. So lange rühren, bis eine gebundene Masse entstanden ist. Schokolade hinzufügen.

3. Eier nach und nach unterrühren (jedes Ei etwa ½ Minute). Mehl mit Backpulver und Zimt mischen, sieben, in 2 Portionen mit der Kaffeelösung auf mittlerer Stufe unterrühren. Mandeln unterheben. Den Teig in eine Kranzform (Ø 20 cm, gefettet, mit Mandeln ausgestreut) geben und glattstreichen. Die Form auf dem Rost in den vorgeheizten Backofen schieben.

Ober-/Unterhitze etwa 180 °C
Heißluft etwa 160 °C
Backzeit: etwa 40 Minuten.

4. Den Gebäckkranz etwa 10 Minuten in der Form stehen lassen. Den Kranz dann aus der Form lösen, auf einen mit Backpapier belegten Kuchenrost stürzen und erkalten lassen.

5. Den Gebäckkranz 4-mal waagerecht durchschneiden. Den unteren Kranzboden auf eine Tortenplatte legen und mit etwa 1 Esslöffel Gelee bestreichen.

6. Für die Füllung Butter mit Handrührgerät mit Rührbesen geschmeidig rühren. Nach und nach Puderzucker und Zimt unterrühren. Buttermasse in 5 Portionen teilen. Eine Butterportion auf den bestrichenen Boden streichen. Den zweiten Kranzboden darauflegen, wieder mit 1 Esslöffel Gelee bestreichen und eine Portion der Buttermasse darauf verteilen.

7. Die einzelnen Böden wie beschrieben bestreichen und zu einem Kranz zusammensetzen. Den letzten Kranzboden etwas andrücken.

8. Restliches Gelee in einem kleinen Topf aufkochen lassen. Den Gebäckkranz mit Hilfe eines Backpinsels mit dem Gelee bestreichen und mit der restlichen Buttermasse verzieren. Den Gebäckkranz etwa 2 Stunden kaltstellen.

Tipp: Statt gehobelter Mandeln können auch gehackte Mandeln verwendet werden.

Raffiniert – dauert länger

Apfel-Mohn-Kuchen

Zubereitungszeit:
60 Minuten, ohne Quell- und Kühlzeit

Backzeit:
55–57 Minuten

Für den Knetteig:

200 g	Weizenmehl
1 gestr. TL	Dr. Oetker Backin
125 g	Zucker
1 Pck.	Dr. Oetker Vanillin-Zucker
1 Prise	Salz
½	Eigelb (Größe M)
1	Eiweiß (Größe M)
125 g	weiche Butter oder Margarine
150 g	gemahlene, leicht geröstete Haselnusskerne

Für die Mohnfüllung:

250 g	frisch gemahlener Mohn
150 ml	kochende Milch

Für die Apfelfüllung:

1 kg	Äpfel, z.B. Boskop
75 g	Zucker
1 Msp.	gemahlener Zimt
2 EL	Zitronensaft
50 g	zerlassene Butter
1 Pck.	Saucenpulver Vanille-Geschmack
125 g	Zucker
1	Ei (Größe M)

Zum Bestreichen:

½	Eigelb (Größe M)
1 EL	Milch

Insgesamt:
E: 111 g, F: 371 g, Kh: 625 g, kJ: 26428, kcal: 6317

1. Für den Teig Mehl mit Backpulver mischen und in eine Rührschüssel sieben. Zucker, Vanillin-Zucker, Salz, Eigelb, Eiweiß, Butter oder Margarine und Haselnusskerne hinzufügen.

2. Die Zutaten mit Handrührgerät mit Rührbesen zunächst kurz auf niedrigster, dann auf höchster Stufe gut durcharbeiten. Anschließend auf einer leicht bemehlten Arbeitsfläche zu einem glatten Teig verkneten. Sollte er kleben, ihn in Folie gewickelt eine Zeit lang kaltstellen.

3. Für die Mohnfüllung Mohn in eine Rührschüssel geben, mit Milch übergießen, verrühren und etwa 15 Minuten zum Quellen stehen lassen.

4. Gut die Hälfte des Teiges auf dem Boden einer Springform (Ø 28 cm, gefettet) ausrollen, Springformrand darumstellen. Die Form auf dem Rost in den vorgeheizten Backofen schieben und den Boden vorbacken.

Ober-/Unterhitze: etwa 200 °C
Heißluft: etwa 180 °C
Backzeit: 10–12 Minuten.

5. Für die Apfelfüllung Äpfel schälen, vierteln, entkernen und in sehr kleine Stücke schneiden. Apfelstücke in einem Topf mit Zucker, Zimt und Zitronensaft unter Rühren leicht dünsten. Den Topf von der Kochstelle nehmen, Apfelkompott kaltstellen.

6. Die Form auf einen Kuchenrost stellen. Den vorgebackenen Boden etwas abkühlen lassen.

7. Ein Drittel des restlichen Teiges zu einer Rolle formen, sie als Rand auf den vorgebackenen Boden legen und so an die Form drücken, dass ein etwa 3 cm hoher Rand entsteht.

8. Die abgekühlte Mohnmasse mit Butter, Saucenpulver, Zucker und Ei verrühren und auf den vorgebackenen Boden streichen. Das Apfelkompott darauf verteilen.

9. Restlichen Teig auf der leicht bemehlten Arbeitsfläche dünn ausrollen und mit einem Teigrädchen 8–10 Streifen für das Teiggitter ausschneiden (rädeln). Die Teigstreifen gitterförmig auf die Apfelfüllung legen.

10. Zum Bestreichen Eigelb mit Milch verschlagen, die Teigstreifen damit bestreichen. Die Form auf dem Rost in den vorgeheizten Backofen schieben.

Ober-/Unterhitze: etwa 180 °C
Heißluft: etwa 160 °C
Backzeit: etwa 45 Minuten.

11. Die Form auf einen Kuchenrost stellen. Die Torte etwa 10 Minuten in der Form stehen lassen, dann aus der Form lösen und auf dem Kuchenrost erkalten lassen.

Käsekuchen, gestürzt

Zubereitungszeit:
20 Minuten

Backzeit:
etwa 85 Minuten

Für den Knetteig:

150 g	*Weizenmehl*
½ gestr. TL	*Dr. Oetker Backin*
50 g	*Zucker*
1 Pck.	*Dr. Oetker Vanillin-Zucker*
1 Prise	*Salz*
1	*Ei (Größe M)*
75 g	*Butter oder Margarine*

Für die Füllung:

75 g	*weiche Butter*
150 g	*Zucker*
4	*Eigelb (Größe M)*
1 Pck.	*Dr. Oetker Finesse Geriebene Zitronenschale*
750 g	*Speisequark (Magerstufe)*
125 g	*Schlagsahne*
1 Pck.	*Dr. Oetker Pudding-Pulver Vanille-Geschmack*
4	*Eiweiß (Größe M)*
100 g	*Rosinen*

Zum Bestäuben:
Puderzucker

Insgesamt:
E: 154 g, F: 202 g, Kh: 459 g, kJ: 18275, kcal: 4366

1. Für den Teig Mehl mit Backpulver mischen und in eine Rührschüssel sieben. Zucker, Vanillin-Zucker, Salz, Ei und Butter oder Margarine hinzufügen.

2. Die Zutaten mit Handrührgerät mit Knethaken zunächst kurz auf niedrigster, dann auf höchster Stufe gut durcharbeiten. Anschließend auf einer bemehlten Arbeitsfläche zu einem glatten Teig verkneten. Sollte er kleben, ihn in Folie gewickelt eine Zeit lang kaltstellen.

3. Den Teig auf dem Boden einer Springform (Ø etwa 26 cm, gefettet) ausrollen, Springformrand darumstellen. Teigboden mehrmals mit einer Gabel einstechen. Die Form auf dem Rost in den vorgeheizten Backofen schieben und den Boden vorbacken.

Ober-/Unterhitze: etwa 180 °C
Heißluft: etwa 160 °C
Backzeit: etwa 15 Minuten.

4. Für die Füllung Butter mit Handrührgerät mit Rührbesen geschmeidig rühren. Zucker unterrühren. Eigelb und Zitronenschale nach und nach hinzufügen. Quark, Sahne und Pudding-Pulver unterrühren. Eiweiß steif schlagen und mit den Rosinen unterheben. Die Quarkmasse auf den vorgebackenen Boden geben und glattstreichen. Die Form wieder auf dem Rost in den vorgeheizten Backofen schieben und den Kuchen **bei gleicher Backofeneinstellung in etwa 70 Minuten** fertig backen, evtl. 20 Minuten vor Beendigung der Backzeit mit Backpapier abdecken.

5. Den Kuchen vom Springformrand lösen und in der Form auf einen spiralförmigen Kuchenrost stürzen. Den Kuchen in der Form erkalten lassen.

6. Den Kuchen auf eine Tortenplatte stürzen, Springformrand und -boden entfernen. Den Kuchen mit Puderzucker bestäuben.

Raffiniert

Vanillekuchen

Zubereitungszeit:
40 Minuten, ohne Kühlzeit

Backzeit:
etwa 40 Minuten

Für den Rührteig:

200 g	Marzipan-Rohmasse
100 g	Butter oder Margarine
150 g	Zucker
1 Pck.	Dr. Oetker Vanillin-Zucker
1 Prise	Salz
6	Eier (Größe M)
100 g	Weizenmehl
1 Pck.	Dr. Oetker Pudding- Pulver Vanille-Geschmack
1 gestr. TL	Dr. Oetker Backin
200 g	abgezogene, gemahlene Mandeln
150 g	Edelbitter-Schokolade (mindestens 50 % Kakaoanteil)

Zum Bestreichen:

100 g	Brombeergelee

Für den Guss:

150 g	Edelbitter-Schokolade (mindestens 50 % Kakaoanteil)
1 TL	Speiseöl

Zum Garnieren:

50 g	Marzipan-Rohmasse
25 g	gehackte Mandeln

Insgesamt:
E: 149 g, F: 453 g, Kh: 528 g, kJ: 28369, kcal: 6776

1. Für den Teig Marzipan in kleine Stücke schneiden, mit Butter oder Margarine in einer Rührschüssel mit Handrührgerät mit Rührbesen geschmeidig rühren. Nach und nach Zucker, Vanillin-Zucker und Salz unterrühren. So lange rühren, bis eine gebundene Masse entstanden ist.

2. Eier nach und nach unterrühren (jedes Ei etwa ½ Minute). Mehl mit Pudding-Pulver und Backpulver mischen, sieben, in 2 Portionen auf mittlerer Stufe unterrühren. Mandeln und in kleine Stücke geschnittene Schokolade unterheben.

3. Den Teig in eine Springform (Ø 26 cm, gefettet) geben und glattstreichen. Die Form auf dem Rost in den vorgeheizten Backofen schieben.

Ober/Unterhitze: etwa 180 °C
Heißluft: etwa 160 °C
Backzeit: etwa 40 Minuten.

4. Den Kuchen aus der Form lösen und auf einem mit Backpapier belegten Kuchenrost erkalten lassen. Den Kuchen auf eine Tortenplatte legen.

5. Zum Bestreichen Gelee in einen kleinen Topf unter Rühren erhitzen. Den Kuchen nach und nach mit dem Gelee bestreichen, erkalten lassen.

6. Für den Guss Schokolade in kleine Stücke brechen, mit Speiseöl in einem kleinen Topf im Wasserbad bei schwacher Hitze schmelzen.

7. Zum Garnieren Marzipan mit den Mandeln verkneten und etwa 14 kleine Kugeln formen. Die Kugeln zur Hälfte in die Schokolade tauchen, auf Backpapier setzen und Schokolade fest werden lassen.

8. Restliche Schokolade auf die Tortenoberfläche geben, verstreichen und den Guss etwas fest werden lassen. Die Marzipankugeln in den noch feuchten Guss legen und fest werden lassen.

Preiselbeerkranz mit Walnusskernen

Zubereitungszeit:
50 Minuten

Backzeit:
30–40 Minuten

Zum Vorbereiten für die Füllung:

100 g	*Walnusskerne*
1–2 EL	*Zucker*
2 gestr. EL	*Orangenmarmelade*
1 Glas	*Preiselbeeren (Einwaage 220 g)*

Für den Quark-Öl-Teig:

250 g	*Weizenmehl*
2 gestr. TL	*Dr. Oetker Backin*
125 g	*Speisequark (Magerstufe)*
70 g	*Zucker*
4 EL	*Milch*
1	*Ei (Größe M)*
125 ml (⅛ l)	*Speiseöl*

Zum Bestreichen:

1	*Eigelb*
1 EL	*Milch*

Insgesamt:
E: 68 g, F: 203 g, Kh: 411 g, kJ: 15743, kcal: 3762

1. Zum Vorbereiten Walnusskerne fein hacken, mit Zucker, Marmelade und Preiselbeeren mischen.

2. Für den Teig Mehl mit Backpulver mischen und in eine Rührschüssel sieben. Quark, Zucker, Milch, Ei und Speiseöl hinzufügen. Die Zutaten mit Handrührgerät mit Knethaken zunächst kurz auf niedrigster, dann auf höchster Stufe in etwa 1 Minute zu einem glatten Teig verarbeiten (nicht zu lange, Teig klebt sonst).

3. Anschließend auf einer bemehlten Arbeitsfläche zu einer Rolle formen und anschließend zu einem Rechteck (30 x 40 cm) ausrollen.

4. Die Preiselbeermasse darauf verteilen, dabei rundherum einen etwa 2 cm breiten Rand frei lassen. Den Teig von der längeren Seite her aufrollen, auf ein Backblech (mit Backpapier belegt) legen und zu einem Kranz formen. Teigenden zusammendrücken.

5. Den Teigkranz rundherum einschneiden. Dabei das Messer etwa 2 cm vom Innenrand entfernt ansetzen und etwa 20-mal in 2–3 cm Abstand den Kranz von innen nach außen einschneiden. Die Stücke nach außen drehen.

6. Zum Bestreichen Eigelb und Milch verschlagen. Den Teigkranz damit bestreichen. Das Backblech in den vorgeheizten Backofen schieben.

Ober-/Unterhitze: etwa 200 °C
Heißluft: etwa 180 °C
Backzeit: 30–40 Minuten.

7. Den Preiselbeerkranz mit dem Backpapier vom Backblech auf einen Kuchenrost ziehen und erkalten lassen.

Raffiniert

Umgedrehter Himbeerkuchen

Zubereitungszeit:
30 Minuten

Backzeit:
30–35 Minuten

Für den All-in-Teig:

165 g	*Weizenmehl*
4 gestr. TL	*Dr. Oetker Backin*
150 g	*Zucker*
50 g	*Instant-Getränkepulver Himbeer-Geschmack*
1 Pck.	*Dr. Oetker Finesse Geriebene Zitronenschale*
4	*Eier (Größe M)*
165 g	*weiche Butter oder Margarine*
250 g	*TK-Himbeeren*
3 geh. EL	*Himbeerkonfitüre*
½ EL	*Wasser*
1–2 EL	*abgezogene, gehobelte Mandeln*

Insgesamt:
E: 53 g, F: 176 g, Kh: 390 g, kJ: 14261, kcal: 3406

1. Für den Teig Mehl mit Backpulver mischen und in eine Rührschüssel sieben. Zucker, Getränkepulver, Zitronenschale, Eier und Butter oder Margarine hinzufügen. Die Zutaten mit Handrührgerät mit Rührbesen zunächst kurz auf niedrigster, dann auf höchster Stufe in etwa 2 Minuten zu einem glatten Teig verarbeiten.

2. Gefrorene Himbeeren auf dem Boden einer Springform (Ø 26 cm, mit Backpapier belegt) verteilen, dabei einen 1–2 cm Rand frei lassen. Den Teig vorsichtig vom Rand her daraufgeben und glattstreichen. Die Form auf dem Rost in den vorgeheizten Backofen schieben.

Ober-/Unterhitze: etwa 180 °C
Heißluft: etwa 160 °C
Backzeit: 30–35 Minuten.

3. Die Form auf einen Kuchenrost stellen und etwas abkühlen lassen. Den Kuchen lösen und auf einen mit Backpapier belegten Kuchenrost stürzen. Mitgebackenes Backpapier abziehen. Kuchen erkalten lassen.

4. Konfitüre durch ein Sieb in einen Topf streichen, mit ½ Esslöffel Wasser unter Rühren zum Kochen bringen, eventuell etwas einkochen lassen. Kuchenoberfläche und -rand damit bestreichen. Den Kuchenrand mit Mandeln bestreuen.

Raffinierte Früchtchen

Zubereitungszeit:
50 Minuten, ohne Kühlzeit

Backzeit:
10–15 Minuten

Für den Biskuitteig:

3	*Eier (Größe M)*
1	*Eigelb (Größe M)*
3 EL	*heißes Wasser*
125 g	*Zucker*
1 Pck.	*Dr. Oetker Vanillin-Zucker*
125 g	*Weizenmehl*
15 g	*Speisestärke*
1 Msp.	*Dr. Oetker Backin*

Für die Buttercreme:

1 Pck.	*Dr. Oetker Pudding-Pulver Vanille-Geschmack*
40 g	*Zucker*
500 ml (½ l)	*Milch*
175 g	*weiche Butter*
1 Pck.	*Dr. Oetker Bourbon-Vanille-Zucker*
100 g	*abgezogene, grob gehackte, leicht geröstete Mandeln*

Für den Belag:

500 g	*vorbereitete Früchte, z.B. Erdbeeren, Brombeeren, Himbeeren, Kiwis, Johannisbeeren, Karambole (Sternfrucht)*

Für den Guss:

1 Pck.	*Tortenguss, klar*
20 g	*Zucker*
250 ml (¼ l)	*klarer Apfelsaft*

Insgesamt:
E: 75 g, F: 243 g, Kh: 419 g, kJ: 17817, kcal: 4256

1. Für den Teig Eier, Eigelb und Wasser mit Handrührgerät mit Rührbesen auf höchster Stufe in 1 Minute schaumig schlagen. Zucker mit Vanillin-Zucker mischen, in 1 Minute einstreuen, dann noch etwa 2 Minuten schlagen.

2. Mehl mit Speisestärke und Backpulver mischen. Die Hälfte davon auf die Eiercreme sieben und kurz auf niedrigster Stufe unterrühren. Restliches Mehlgemisch auf die gleiche Weise unterarbeiten.

3. Den Teig auf ein Backblech (30 x 40 cm, gefettet, mit Backpapier belegt) geben und glattstreichen. Das Backblech in den vorgeheizten Backofen schieben.

Ober-/Unterhitze: 200–220 °C
Heißluft: 180–200 °C
Backzeit: 10–15 Minuten.

4. Die Biskuitplatte sofort auf eine Arbeitsfläche oder auf Backpapier stürzen, mitgebackenes Backpapier mit kaltem Wasser bestreichen, vorsichtig, aber schnell abziehen. Biskuitplatte erkalten lassen.

5. Für die Buttercreme aus Pudding-Pulver, Zucker und Milch nach Packungsanleitung einen Pudding zubereiten. Den Pudding in eine Schüssel geben, mit Klarsichtfolie belegen und erkalten lassen.

6. Butter geschmeidig rühren. Pudding esslöffelweise hinzufügen (darauf achten, dass Pudding und Butter Zimmertemperatur haben, da die Buttercreme sonst gerinnt). Vanille-Zucker unterrühren.

7. Die Biskuitplatte mit gut drei Viertel der Buttercreme bestreichen, von der längeren Seite her aufrollen und kalt stellen. Biskuitrolle mit der restlichen Buttercreme bestreichen.

8. Biskuitrolle in 18 Scheiben schneiden. Jeweils eine Schnittfläche in die gehackten Mandeln setzen. Die Mandeln an den Rändern hochziehen.

9. Für den Belag die vorbereiteten Früchte gemischt auf den noch freien Schnittflächen anrichten.

10. Für den Guss aus Tortengusspulver, Zucker und Apfelsaft nach Packungsanleitung einen Guss zubereiten. Den Guss mit Hilfe eines Pinsels dünn auf die Früchte streichen. Guss fest werden lassen.

Tipp: Nach Belieben mit gemahlenen Pistazienkernen bestreuen. Die Biskuitrolle kann fertig eingefroren werden, dann die Rolle etwas antauen lassen und in Scheiben schneiden.

Preiswert – einfach

Stachelbeer-Grieß-Kuchen

Zubereitungszeit:
35 Minuten, ohne Abkühlzeit

Backzeit:
60–70 Minuten

Zum Vorbereiten:

750 ml (3/4 l)	Milch
150 g	Weizengrieß
1 Glas	Stachelbeeren (Abtropfgewicht 390 g)

Für den Rührteig:

150 g	Butter oder Margarine
200 g	Zucker
1 Pck.	Dr. Oetker Vanillin-Zucker
1 Prise	Salz
3 Tropfen	Zitronen-Aroma
5	Eigelb (Größe M)
30 g	Speisestärke
1 Msp.	Dr. Oetker Backin
125 g	abgezogene, gemahlene Mandeln
30 g	fein gehacktes Zitronat (Sukkade)
5	Eiweiß (Größe M)
1 EL	Semmelbrösel für die Form

Zum Bestäuben:
Puderzucker

Insgesamt:
E: 101 g, F: 252 g, Kh: 489 g, kJ: 19822, kcal: 4737

1. Zum Vorbereiten Milch in einem Topf zum Kochen bringen, Topf von der Kochstelle nehmen. Grieß unter Rühren einstreuen und nochmals kurz aufkochen lassen. Grießmasse abkühlen lassen. Stachelbeeren in einem Sieb gut abtropfen lassen.

2. Für den Teig Butter oder Margarine mit Handrührgerät mit Rührbesen auf höchster Stufe geschmeidig rühren. Nach und nach Zucker, Vanillin-Zucker, Salz und Aroma unterrühren. So lange rühren, bis eine gebundene Masse entstanden ist.

3. Eigelb nach und nach unterrühren (jedes Eigelb knapp ½ Minute). Die Grießmasse portionsweise unterrühren. Speisestärke und Backpulver mischen, mit Mandeln und Zitronat auf mittlerer Stufe unterrühren. Eiweiß steif schlagen und unterheben.

4. Zuletzt die abgetropften Stachelbeeren vorsichtig unterheben. Den Teig in eine Springform (Ø 26 cm, Boden gefettet, mit Semmelbröseln ausgestreut) geben und glattstreichen. Die Form auf dem Rost in den vorgeheizten Backofen schieben.

Ober-/Unterhitze: 180–200 °C
Heißluft: 160–180 °C
Backzeit: 60–70 Minuten.

5. Den Kuchen aus der Form lösen und auf einem Kuchenrost erkalten lassen. Den Kuchen vor dem Servieren mit Puderzucker bestäuben.

Tipp: Bei Verwendung von frischen Stachelbeeren statt 200 g Zucker 250 g Zucker für den Teig verwenden.

Dauert länger – mit Alkohol

Plunderkranz

Zubereitungszeit:
70 Minuten, ohne Teiggehzeit

Backzeit:
35–40 Minuten

Für den Plunderteig:

375 g	Weizenmehl
1 Pck.	Dr. Oetker Trockenbackhefe
50 g	Zucker
1 Pck.	Dr. Oetker Vanillin-Zucker
1 Prise	Salz
1	Ei (Größe M)
50 g	in Stücke geschnittene Butter
200 ml	kalte Milch
150 g	kalte Butter in Scheiben

Für die Füllung:

200 g	Marzipan-Rohmasse
50 g	weiche Butter
1 EL	Rum
175 g	Rosinen
75 g	abgezogene, gehobelte Mandeln

Zum Aprikotieren.

3 EL	Aprikosenkonfitüre
1 EL	Wasser

Nach Belieben für den Guss:

50 g	Puderzucker
1–2 EL	Rum
40 g	gehobelte, geröstete Mandeln

Insgesamt:
E: 98 g, F: 340 g, Kh: 601 g, kJ: 24944, kcal: 5962

1. Für den Teig Mehl in eine Rührschüssel sieben, mit Trockenbackhefe sorgfältig vermischen. Restliche Zutaten hinzufügen und mit Handrührgerät mit Knethaken zunächst kurz auf niedrigster, dann auf höchster Stufe in etwa 5 Minuten zu einem Teig verarbeiten, etwa 5 Minuten bei Zimmertemperatur ruhen lassen.

2. Den Teig auf einer bemehlten Arbeitsfläche zu einem Rechteck (25 x 40 cm) ausrollen. Die Hälfte der Teigplatte (25 x 20 cm) mit Butterscheiben belegen, die andere Teighälfte daraufklappen und mit der Teigrolle leicht andrücken. Das Teigpaket mit der breiten Seite zur Arbeitsfläche legen, wieder zu einem Rechteck (25 x 40 cm) ausrollen, von den kürzeren Seiten her zur Mitte hin so zusammenklappen, dass die Teigkanten aneinander stoßen. Den Teig nochmals von der längeren Seite her so überschlagen, dass 4 Teiglagen entstehen, etwa 15 Minuten kaltstellen.

3. Teigpaket mit der breiten Seite zur Arbeitsfläche legen, nochmals ausrollen und wie zuvor beschrieben zusammenschlagen. Teigpaket nochmals 15 Minuten kaltstellen.

4. Für die Füllung Marzipan in Stücke schneiden, mit Butter in einer Rührschüssel mit Handrührgerät mit Rührbesen geschmeidig rühren, Rum unterrühren.

5. Teigpaket auf einer leicht bemehlten Arbeitsfläche zu einem Rechteck (40 x 50 cm) ausrollen. Die Marzipanmasse darauf verteilen, mit Rosinen und Mandeln bestreuen.

6. Teigplatte der Länge nach durchschneiden. Beide Teighälften von der längeren Seite her aufrollen, umeinanderschlingen und als Kranz auf ein Backblech (gefettet) legen. Teigkranz nochmals etwa 15 Minuten bei Zimmertemperatur ruhen lassen.

7. Das Backblech in den vorgeheizten Backofen schieben.

Ober-/Unterhitze: 180–200 °C
Heißluft: 160–80 °C
Backzeit: 35–40 Minuten.

8. Den Plunderkranz vom Backblech lösen und auf einen Kuchenrost legen.

9. Zum Aprikotieren Konfitüre durch ein Sieb streichen, mit Wasser in einem kleinen Topf unter Rühren kurz aufkochen lassen. Den Plunderkranz sofort damit bestreichen, etwas abkühlen lassen.

Tipp: Nach Belieben für den Guss Puderzucker mit Rum zu einer dünnflüssigen Masse verrühren. Den Plunderkranz mit dem Guss überziehen und mit Mandeln bestreuen. Plunderkranz frisch servieren.

Schokoladenkranz

Zubereitungszeit:
30 Minuten, ohne Abkühlzeit

Backzeit:
etwa 40 Minuten

Für den Rührteig:

80 g	Butter oder Margarine
80 g	Zucker
1 Pck.	Dr. Oetker Vanillin-Zucker
4	Eigelb (Größe M)
80 g	Speisestärke
1 gestr. TL	Dr. Oetker Backin
80 g	abgezogene, gemahlene Mandeln
80 g	geriebene Zartbitter-Schokolade
4	Eiweiß (Größe M)

Für den Guss:

100 g	Zartbitter-Kuvertüre
40 g	abgezogene, gestiftelte Mandeln

Insgesamt:
E: 65 g, F: 220 g, Kh: 248 g, kJ: 13515, kcal: 3228

1. Für den Teig Butter oder Margarine mit Handrührgerät mit Rührbesen auf höchster Stufe geschmeidig rühren. Zucker und Vanillin-Zucker unterrühren. So lange rühren, bis eine gebundene Masse entstanden ist.

2. Eigelb nach und nach unterrühren (jedes Eigelb knapp ½ Minute). Speisestärke mit Backpulver mischen, sieben und auf mittlerer Stufe unterrühren. Mandeln und Schokolade unterrühren. Eiweiß steif schlagen und unterheben. Den Teig in eine Kranzform (Ø 20 cm, gefettet, gemehlt) geben und glattstreichen. Die Form auf dem Rost in den vorgeheizten Backofen schieben.

Ober-/Unterhitze: etwa 180 °C
Heißluft: etwa 160 °C
Backzeit: etwa 40 Minuten.

3. Den Gebäckkranz aus der Form lösen und auf einen Kuchenrost stürzen. Gebäckkranz erkalten lassen.

4. Für den Guss Kuvertüre in kleine Stücke schneiden, in einem kleinen Topf im Wasserbad bei schwacher Hitze schmelzen. Den Gebäckkranz damit überziehen und mit den Mandeln spicken. Guss fest werden lassen.

Tipp: Anstelle der Mandeln können für den Teig auch gemahlene und für den Guss gehobelte Haselnusskerne verwendet werden. Der Kranz kann auch in einer Kranzform (Ø 26 cm) zubereitet werden, dafür die Zutatenmenge verdoppeln.

Einfach – schnell – mit Alkohol

Pflaumentarte mit Crème-fraîche-Guss

Zubereitungszeit:
35 Minuten, ohne Abkühlzeit

Backzeit:
45–50 Minuten

Für den Knetteig:

200 g	*Weizenmehl*
25 g	*Zucker*
1 Prise	*Salz*
125 g	*Butter oder Margarine*
2 EL	*kaltes Wasser*

Für den Belag:

750 g	*Pflaumen*

Für den Guss:

2	*Eier (Größe M)*
1 Pck.	*Dr. Oetker Vanillin-Zucker*
1 Becher (150 g)	*Crème fraîche*
3 EL	*Eierlikör*
1 gestr. EL	*Speisestärke*

Zum Bestreuen:

2 EL	*Hagelzucker*

Insgesamt:
E: 45 g, F: 168 g, Kh: 313 g, kJ: 12555, kcal: 3006

1. Für den Teig Mehl in eine Rührschüssel sieben. Zucker, Salz, Butter oder Margarine und Wasser hinzufügen. Die Zutaten mit Handrührgerät mit Rührbesen zunächst kurz auf niedrigster, dann auf höchster Stufe gut durcharbeiten.

2. Anschließend auf einer bemehlten Arbeitsfläche zu einem glatten Teig verkneten. Sollte er kleben, ihn in Folie gewickelt eine Zeit lang kaltstellen.

3. Zwei Drittel des Teiges auf der bemehlten Arbeitsfläche zu einer runden Platte (Ø etwa 26 cm) ausrollen und in eine Tarteform (Ø etwa 26 cm, Boden gefettet, mit Backpapier belegt) legen. Teigboden mehrmals mit einer Gabel einstechen. Die Form auf dem Rost in den vorgeheizten Backofen schieben und den Boden vorbacken.

Ober-/Unterhitze: etwa 200 °C
Heißluft: etwa 180 °C
Backzeit: 10–15 Minuten.

4. Für den Belag Pflaumen waschen, trockenreiben, entstielen, halbieren, vierteln und entsteinen. Die Spitzen etwa 1 cm tief einschneiden.

5. Die Form auf einen Kuchenrost stellen. Den vorgebackenen Boden etwa 20 Minuten abkühlen lassen.

6. Restlichen Teig zu einer Rolle formen, auf den vorgebackenen Boden legen und an den Tarterand drücken. Die Pflaumenviertel dachziegelartig auf den vorgebackenen Boden legen.

7. Für den Guss Eier, Vanillin-Zucker, Crème fraîche, Eierlikör und Speisestärke zu einer geschmeidigen Masse verrühren und auf den Pflaumenvierteln verteilen. Die Form wieder auf dem Rost in den vorgeheizten Backofen schieben und den Kuchen **bei gleicher Backofeneinstellung in etwa 35 Minuten** fertig backen.

8. Die Form auf einen Kuchenrost stellen. Die Tarte mit Hagelzucker bestreuen und erkalten lassen. Die Tarte mit Hilfe eines Pfannenwenders vorsichtig auf eine Tortenpaltte legen. Backpapier entfernen.

Tipp: Anstelle einer Tarteform kann auch eine Springform (Ø 26 cm, Boden gefettet) verwendet werden, dabei den Teig am Rand etwa 3 cm hochdrücken.

Puddingcreme-Kuchen

Zubereitungszeit:
35 Minuten

Backzeit:
etwa 70 Minuten

Für den Knetteig:

175 g	*Weizenmehl*
1 Msp.	*Dr. Oetker Backin*
60 g	*Zucker*
1 Pck.	*Dr. Oetker Vanillin-Zucker*
1	*Ei (Größe M)*
100 g	*Butter oder Margarine*

Für den Belag:

1 Pck.	*Dr. Oetker Pudding-Pulver Vanille-Geschmack*
60 g	*Zucker*
500 ml (½ l)	*Milch*
2 Becher (je 150 g)	*Crème fraîche*
2 Dosen	*Mandarinen (Abtropfgewicht je 175 g)*

Für den Guss:

1 Pck.	*Tortenguss, klar*
2 EL	*Zucker*
250 ml (¼ l)	*Mandarinensaft (aus den Dosen)*

Insgesamt:
E: 52 g, F: 202 g, Kh: 450 g, kJ: 16374, kcal: 3922

1. Für den Teig Mehl mit Backpulver mischen und in eine Rührschüssel sieben. Zucker, Vanillin-Zucker, Ei und Butter oder Margarine hinzufügen. Die Zutaten mit Handrührgerät mit Rührbesen zunächst kurz auf niedrigster, dann auf höchster Stufe gut durcharbeiten.

2. Anschließend auf einer bemehlten Arbeitsfläche zu einem glatten Teig verkneten. Sollte er kleben, ihn in Folie gewickelt eine Zeit lang kaltstellen.

3. Zwei Drittel des Teiges auf dem Boden einer Springformboden (Ø 26 cm, gefettet) ausrollen. Teigboden mehrmals mit einer Gabel einstechen. Die Form auf dem Rost in den vorgeheizten Backofen schieben und den Boden vorbacken.

Ober-/Unterhitze: 200–220 °C
Heißluft: 180–200 °C
Backzeit: etwa 10 Minuten.

4. Für den Belag aus Pudding-Pulver, Zucker und Milch nach Packungsanleitung einen Pudding zubereiten. Pudding etwas abkühlen lassen, dabei ab und zu umrühren. Crème fraîche unterrühren. Mandarinen in einem Sieb abtropfen lassen, den Saft auffangen und 250 ml (¼ l) abmessen (eventuell mit Wasser ergänzen).

5. Die Form auf einen Kuchenrost stellen. Den vorgebackenen Boden abkühlen lassen.

6. Restlichen Teig zu einer Rolle formen, sie als Rand auf den vorgebackenen Boden legen und so an die Form drücken, dass ein etwa 3 cm hoher Rand entsteht. Die Puddingcreme auf den vorgebackenen Teig geben und glattstreichen. Mandarinen dekorativ darauflegen. Die Form auf dem Rost in den vorgeheizten Backofen schieben.

Ober-/Unterhitze: etwa 200 °C
Heißluft: etwa 180 °C
Backzeit: etwa 1 Stunde.

7. Den Kuchen aus der Form lösen und auf einem Kuchenrost erkalten lassen.

8. Für den Guss aus Tortengusspulver, Zucker und Mandarinensaft nach Packungsanleitung einen Guss zubereiten und auf den Mandarinen verteilen. Guss fest werden lassen.

Tipp: Statt Crème fraîche kann auch Schmand (Sauerrahm) verwendet werden.

Raffiniert

Pflaumen-Rosetten-Kuchen

Zubereitungszeit:
30 Minuten, ohne Abkühlzeit

Backzeit:
etwa 40 Minuten

Für den Belag:
750 g Pflaumen
50 g schwarzes Johannisbeergelee

Für den Quark-Öl-Teig:
300 g Weizenmehl
1 Pck. Dr. Oetker Backin
75 g Zucker
1 Pck. Dr. Oetker Vanillin-Zucker
150 g Speisequark (Magerstufe)
1 Prise Salz
6 EL Milch
6 EL Speiseöl

Zum Bestreuen:
50 g abgezogene, gemahlene Mandeln

Zum Bestreichen:
4 EL Pflaumensaft (von den gekochten Pflaumen)

Insgesamt:
E: 66 g, F: 97 g, Kh: 417 g, kJ: 11915, kcal: 2847

1. Für den Belag Pflaumen waschen, trockenreiben, halbieren und entsteinen. Pflaumenhälften in etwa 1 cm dicke Spalten schneiden und nochmals quer halbieren.

2. Gelee in einem kleinen Topf unter Rühren erhitzen. Pflaumenstücke hinzugeben und unter Rühren bei mittlerer Hitze 1–2 Minuten kochen lassen. Pflaumenmasse erkalten lassen. Anschließend in einem Sieb abtropfen lassen und den Saft auffangen.

3. Für den Teig Mehl mit Backpulver mischen und in eine Rührschüssel sieben. Zucker, Vanillin-Zucker, Quark, Salz, Milch und Speiseöl hinzufügen.

4. Die Zutaten mit Handrührgerät mit Rührbesen zunächst kurz auf niedrigster, dann auf höchster Stufe zu einem glatten Teig verarbeiten (nicht zu lange, Teig klebt sonst). Den Teig auf einer bemehlten Arbeitsfläche zu einem Quadrat (etwa 40 x 40 cm) ausrollen und mit Mandeln bestreuen. Pflaumenmasse darauf verteilen. Den Teig aufrollen und 12 Stücke daraus schneiden.

5. Die Teigstücke mit der Schnittfläche nach oben von außen nach innen in eine Springform (26 cm, gefettet) setzen. Die Form auf dem Rost in den vorgeheizten Backofen schieben.

Ober-/Unterhitze: etwa 180 °C
Heißluft: etwa 160 °C
Backzeit: etwa 40 Minuten.

6. Zum Betreichen Pflaumensaft in einem kleinen Topf zum Kochen bringen.

7. Die Form auf einen Kuchenrost stellen. Den Kuchen sofort mit dem Pflaumensaft bestreichen. Dann den Kuchen aus der Form lösen und auf einem mit Backpapier belegten Kuchenrost erkalten lassen.

Tipp: Den noch heißen Kuchen mit gebräunten, gehobelten Mandeln bestreuen. Sie können statt der Pflaumen auch etwa 400 g Pflaumenmus verwenden.

Rotweinkuchen

Zubereitungszeit:
50 Minuten, ohne Abkühlzeit

Backzeit:
etwa 30 Minuten

Zum Vorbereiten:

100 g	Zartbitter-Kuvertüre

Für den Schüttelteig:

250 g	Weizenmehl
1 Pck.	Dr. Oetker Backin
200 g	Zucker
1 Pck.	Dr. Oetker Vanillin-Zucker
1 Pck.	Dr. Oetker Finesse Orangenfrucht
4	Eier (Größe M)
125 ml (⅛ l)	Rotwein
250 g	zerlassene, abgekühlte Butter oder Margarine

Für den Belag:

750 g	blaue und grüne Weintrauben
1 Pck.	Tortenguss, klar
125 ml (⅛ l)	Wasser
125 ml (⅛ l)	Traubensaft, rot

Insgesamt:
E: 65 g, F: 269 g, Kh: 579 g, kJ: 21453, kcal: 5124

1. Zum Vorbereiten Kuvertüre in kleine Stücke schneiden, in einem kleinen Topf im Wasserbad bei schwacher Hitze schmelzen.

2. Für den Teig Mehl und Backpulver mischen, in eine verschließbare Schüssel (3-Liter-Inhalt) sieben, mit Zucker, Vanillin-Zucker und Orangenfrucht mischen. Eier, Rotwein, geschmolzene Kuvertüre und Butter oder Margarine hinzufügen. Schüssel mit dem Deckel fest verschließen.

3. Mehrmals (insgesamt 15–30 Sekunden) kräftig schütteln, sodass alle Zutaten gut vermischt sind. Alles mit einem Schneebesen oder Rührlöffel nochmals sorgfältig durchrühren, damit vor allem trockene Zutaten vom Rand mit untergerührt werden. Einen Backrahmen (etwa 26 x 26 cm) auf ein Backblech (gefettet, mit Backpapier belegt) stellen.

4. Den Teig in den Backrahmen füllen. Das Backblech in den vorgeheizten Backofen schieben.

Ober-/Unterhitze: etwa 180 °C
Heißluft: etwa 160 °C
Backzeit: etwa 30 Minuten.

5. Das Backblech auf einen Kuchenrost stellen. Den Kuchen erkalten lassen.

6. Für den Belag Weintrauben waschen, abtropfen lassen, entstielen, halbieren und entkernen. Weintraubenhälften auf dem Kuchen verteilen.

7. Für den Guss aus Tortengusspulver, Wasser und Traubensaft nach Packungsanleitung einen Guss zubereiten. Den Guss auf den Weintraubenhälften verteilen. Guss fest werden lassen.

8. Den Backrahmen lösen und entfernen. Den Kuchen in Quadrate schneiden.

Tipp: Den Kuchen mit steif geschlagener Sahne servieren.

Mit Alkohol

Mohn-Schmand-Kuchen

Zubereitungszeit:
40 Minuten, ohne Abkühlzeit

Backzeit:
60–70 Minuten

Für den Streuselteig:

180 g	*Weizenmehl*
2 gestr. TL	*Dr. Oetker Backin*
75 g	*Zucker*
1	*Ei (Größe M)*
75 g	*Butter oder Margarine*

Für die Füllung:

1 Pck.	*Dr. Oetker Pudding-Pulver Sahne-Geschmack*
500 ml (½ l)	*Milch*
50 g	*Zucker*
1 Pck.	*(250 g) Mohnback*
60 g	*Weichweizengrieß*
je 1 Pck.	*Dr. Oetker Finesse Bourbon-Vanille-Aroma und Jamaica-Rum-Aroma*
200 g	*Schmand (Sauerrahm)*

Für den Belag:

3	*Eier (Größe M)*
100 g	*Zucker*
400 g	*Schmand (Sauerrahm)*

Zum Bestäuben:

etwas	*Puderzucker*

Insgesamt:
E: 83 g, F: 286 g, Kh: 589 g, kJ: 22505, kcal: 5296

1. Für den Teig Mehl mit Backpulver mischen und in eine Rührschüssel sieben. Zucker, Ei und Butter oder Margarine hinzufügen. Die Zutaten mit Handrührgerät mit Rührbesen zunächst kurz auf niedrigster, dann auf höchster Stufe zu Streuseln verarbeiten.

2. Die Teigstreusel in eine Springform (Ø 26 cm, gefettet) geben und mit einem Löffel zu einem Boden andrücken, dabei am Rand etwas hochdrücken.

3. Für die Füllung aus Pudding-Pulver, Milch und Zucker nach Packungsanleitung einen Pudding zubereiten. Topf von der Kochstelle nehmen. Mohnback, Grieß und Aromen unterrühren. Die Pudding-Mohn-Masse etwa 20 Minuten abkühlen lassen. Schmand unterrühren.

4. Die Masse auf den Streuselteigboden geben und glattstreichen.

5. Für den Belag Eier und Zucker mit Handrührgerät mit Rührbesen in etwa 2 Minuten schaumig schlagen. Schmand nach und nach unterrühren. Die Eier-Schmand-Masse auf die Mohnmasse geben. Die Form auf dem Rost in den vorgeheizten Backofen schieben.

Ober-/Unterhitze: etwa 180 °C
Heißluft: etwa 160 °C
Backzeit: 60–70 Minuten.

6. Die Kuchenoberfläche, wenn sie zu dunkel wird, eventuell etwa 15 Minuten vor Ende der Backzeit mit Backpapier belegen.

7. Die Form auf einen Kuchenrost stellen. Den Kuchenrand mit einem Messer lösen. Den Kuchen etwa 1 Stunde in der Form abkühlen lassen. Dann aus der Form lösen und auf einem mit Backpapier belegten Kuchenrost erkalten lassen. Den Kuchen mit Puderzucker bestäuben.

Tipp: Unter die Mohnmasse 3 Esslöffel Eierlikör rühren.

Schnell – mit Alkohol

Kirschkuchen mit Guss

Zubereitungszeit:
35 Minuten

Backzeit:
etwa 45 Minuten

Für den Rührteig:
150 g zerlassene, abgekühlte Butter oder Margarine
150 g Zucker
1 Pck. Dr. Oetker Vanillin-Zucker
3 Eier (Größe M)
175 g Weizenmehl
½ gestr. TL Dr. Oetker Backin

Für den Belag:
1 Glas Sauerkirschen (Abtropfgewicht 350 g)

Für den Guss:
1 Ei (Größe M)
50 g Zucker
1 Pck. Dr. Oetker Vanillin-Zucker
125 g Schlagsahne
2 EL Kirschwasser

Insgesamt:
E: 51 g, F: 193 g, Kh: 411 g, kJ: 15468, kcal: 3694

1. Für den Teig Butter oder Margarine in einer Rührschüssel mit Handrührgerät mit Rührbesen auf höchster Stufe geschmeidig rühren. Nach und nach Zucker und Vanillin-Zucker unterrühren. So lange rühren, bis eine gebundene Masse entstanden ist.

2. Eier nach und nach unterrühren (jedes Ei etwa ½ Minute). Mehl mit Backpulver mischen, sieben und in 2 Portionen auf mittlerer Stufe unterrühren. Den Teig in eine Springform (Ø 26 cm, Boden gefettet) geben und glattstreichen.

3. Für den Belag Sauerkirschen in einem Sieb gut abtropfen lassen und auf dem Teig verteilen. Die Form auf dem Rost in den vorgeheizten Backofen schieben.

Ober-/Unterhitze: 180–200 °C
Heißluft: 160–180 °C
Backzeit: etwa 45 Minuten.

4. Für den Guss Ei mit Zucker, Vanillin-Zucker und Sahne verschlagen, Kirschwasser unterrühren. Den Guss etwa 15 Minuten vor Beendigung der Backzeit auf den Kirschen verteilen. Die Form wieder auf dem Rost in den Backofen schieben und den Kuchen fertig backen.

5. Den Kuchen aus der Form lösen und auf einem Kuchenrost erkalten lassen.

Einfach

Käsekuchen mit Schmand

Zubereitungszeit:
30 Minuten, ohne Kühlzeit

Backzeit:
etwa 65 Minuten

Für den Rührteig:

125 g	*Butter oder Margarine*
225 g	*Zucker*
1 Pck.	*Dr. Oetker Vanillin-Zucker*
	abgeriebene Schale von
½	*Bio-Zitrone (unbehandelt, ungewachst)*
2 EL	*Zitronensaft*
4	*Eigelb (Größe M)*
2 gestr. TL	*Dr. Oetker Backin*
2 Pck.	*Dr. Oetker Pudding-Pulver Vanille-Geschmack*
400 g	*Schmand (Sauerrahm)*
750 g	*Speisequark (Magerstufe)*
4	*Eiweiß (Größe M)*
1 Prise	*Salz*

Zum Bestäuben:
Puderzucker

Insgesamt:
E: 126 g, F: 228 g, Kh: 358 g, kJ: 17066, kcal: 4020

1. Für den Teig Butter oder Margarine in einer Rührschüssel mit Handrührgerät mit Rührbesen auf höchster Stufe geschmeidig rühren. Nach und nach Zucker, Vanillin-Zucker, Zitronenschale und -saft hinzufügen. So lange rühren, bis eine gebundene Masse entstanden ist. Eigelb nach und nach unterrühren (jedes Eigelb knapp ½ Minute).

2. Backpulver mit Pudding-Pulver mischen, die Hälfte davon unter die Fett-Ei-Masse rühren. Nach und nach Schmand, restliche Pudding-Pulver-Mischung und den Quark unterrühren.

3. Eiweiß mit Salz steif schlagen und portionsweise unter den Teig heben. Den Teig in eine Springform (Ø 26 cm, Boden gefettet) geben und glattstreichen. Die Form auf dem Rost in den vorgeheizten Backofen schieben.

Ober-/Unterhitze: etwa 180 °C
Heißluft: etwa 160 °C
Backzeit: etwa 65 Minuten.

4. Den Kuchen eventuell nach 45 Minuten Backzeit mit Backpapier belegen, damit die Oberfläche nicht zu dunkel wird.

5. Den fertigen Kuchen im leicht geöffneten Backofen noch etwa 15 Minuten stehen lassen. Dann die Form herausnehmen und auf einen Kuchenrost stellen. Den Rand mit Hilfe eines Messers lösen und entfernen. Den Kuchen in der Form lauwarm abkühlen lassen. Dann vom Springformboden lösen und auf eine Tortenplatte legen. Kuchen erkalten lassen.

6. Den Kuchen kurz vor dem Servieren mit Puderzucker bestäuben.

Tipp: Statt Speisequark (Magerstufe) kann auch Speisequarkzubereitung (0,1 % Fett) verwendet werden.

Gut vorzubereiten – mit Alkohol

Erdbeer-Kokos-Kranz

Zubereitungszeit:
40 Minuten, ohne Kühlzeit

Backzeit:
etwa 40 Minuten

Für den Rührteig:

200 g	Butter oder Margarine
150 g	Zucker
1 Pck.	Dr. Oetker Vanillin-Zucker
1 Prise	Salz
5	Eier (Größe M)
200 g	Weizenmehl
3 gestr. TL	Dr. Oetker Backin

Für die Füllung:

2 Pck.	Dr. Oetker Pudding-Pulver Erdbeer-Geschmack
100 g	Zucker
750 ml (¾ l)	Milch
4 EL	Eierlikör
250 g	weiche Butter
125 g	Erdbeerkonfitüre
250 g	geputzte, gewaschene und sehr klein geschnittene Erdbeeren

Für den Belag:

200 g	geröstete Kokosraspel
6	halbierte Erdbeeren

Insgesamt:
E: 96 g, F: 564 g, Kh: 626 g, kJ: 33990, kcal: 8120

1. Für den Teig Butter oder Margarine in einer Rührschüssel mit Handrührgerät mit Rührbesen auf höchster Stufe geschmeidig rühren. Nach und nach Zucker, Vanillin-Zucker und Salz unterrühren. So lange rühren, bis eine gebundene Masse entstanden ist.

2. Eier nach und nach unterrühren (jedes Ei etwa ½ Minute). Mehl mit Backpulver mischen, sieben, in 2 Portionen auf mittlerer Stufe unterrühren. Den Teig in eine Kranzform (Ø 24 cm, gefettet, gemehlt) geben und glattstreichen. Die Form auf dem Rost in den vorgeheizten Backofen schieben.

Ober-/Unterhitze: etwa 180 °C
Heißluft: etwa 160 °C
Backzeit: etwa 40 Minuten.

3. Die Form auf einen Kuchenrost stellen. Den Gebäckkranz etwa 10 Minuten in der Form stehen lassen, dann aus der Form lösen, auf einen mit Backpapier belegten Kuchenrost stürzen und erkalten lassen. Den Gebäckkranz zweimal waagerecht durchschneiden.

4. Für die Füllung aus Pudding-Pulver, Zucker und Milch nach Packungsanleitung einen Pudding kochen, aber mit den hier angegebenen Zutatenmengen. Eierlikör unterrühren. Den Pudding sofort mit Frischhaltefolie belegen und erkalten lassen.

5. Butter mit Handrührgerät mit Rührbesen geschmeidig rühren. Den erkalteten Pudding esslöffelweise unterrühren. Dabei darauf achten, dass Butter und Pudding Zimmertemperatur haben, da die Creme sonst gerinnt.

6. Den unteren Kranzboden mit der Hälfte der Erdbeerkonfitüre bestreichen, dabei am Rand etwa 1 cm frei lassen. Dann die Hälfte der Erdbeerstücke und ein Drittel der Buttercreme darauf verteilen.

7. Den mittleren Boden darauflegen und mit der restlichen Konfitüre bestreichen. Die restlichen Erdbeerstücke daraufgeben und wieder ein Drittel der Buttercreme daraufstreichen. Mit dem oberen Boden belegen. Den Kranz mit der restlichen Buttercreme (etwa 3 Esslöffel davon in einen Spritzbeutel mit Sterntülle geben) bestreichen und mit Kokosraspeln bestreuen.

8. Den Kranz mit der Buttercreme aus dem Spritzbeutel verzieren und mit den Erdbeerhälften garnieren. Erdbeer-Kokos-Kranz mindestens 3 Stunden kaltstellen.

Gut vorzubereiten

Heidesand-Gugelhupf

Zubereitungszeit:
35 Minuten, ohne Abkühlzeit

Backzeit:
50–60 Minuten

Zum Vorbereiten:

250 g	Butter
250 g	Cranberries
100 g	Zucker
50 ml	Wasser
30 g	kernige Haferflocken

Für den All-in-Teig:

250 g	Weizenmehl
50 g	Speisestärke
3 gestr. TL	Dr. Oetker Backin
½ TL	gemahlener Zimt
150 g	Zucker
1 Pck.	Dr. Oetker Vanillin-Zucker
1 Prise	Salz
4	Eier (Größe M)

Für den Guss:

100 g	helle Kuchenglasur Vanille oder Zitrone
50 g	gesiebter Puderzucker
etwa 1 EL	Cranberrysaft

Insgesamt:
E: 62 g, F: 284 g, Kh: 537 g, kJ: 20798, kcal: 4968

1. Zum Vorbereiten Butter in einem Topf bei mittlerer Hitze zerlassen und hellbraun werden lassen. Die Butter so lange abkühlen lassen, bis eine cremige Konsistenz entstanden ist.

2. Cranberries abspülen und gut abtropfen lassen. Zucker mit Wasser in einem Topf zum Kochen bringen. Cranberries hinzufügen, zum Kochen bringen und bei mittlerer Hitze etwa 1 Minute kochen lassen. Topf von der Kochstelle nehmen, Cranberries erkalten lassen.

3. Cranberries in einem Sieb abtropfen lassen und den Saft auffangen. Cranberries mit den Haferflocken verrühren.

4. Für den Teig Mehl mit Speisestärke, Backpulver und Zimt mischen, in eine Rührschüssel sieben. Zucker, Vanillin-Zucker, Salz, Eier und die gebräunte Butter hinzufügen. Die Zutaten mit Handrührgerät mit Rührbesen zunächst kurz auf niedrigster, dann auf höchster Stufe in etwa 2 Minuten zu einem glatten Teig verarbeiten.

5. Den Teig dritteln. Ein Drittel des Teiges in eine Gugelhupfform (Ø 22 cm, gefettet) geben und glattstreichen. Die Hälfte der Cranberrymasse in Form eines Ringes in die Mitte des Teiges geben. Zweites Teigdrittel daraufgeben und glattstreichen. Restliche Cranberrrymasse wieder in Form eines Ringes in die Mitte des Teiges geben. Restlichen Teig darauf verteilen. Die Form auf dem Rost in den vorgeheizten Backofen schieben.

Ober-/Unterhitze: etwa 180 °C
Heißluft: etwa 160 °C
Backzeit: 50–60 Minuten.

6. Den Gugelhupf etwa 10 Minuten in der Form stehen lassen, dann aus der Form lösen und auf einen mit Backpapier belegten Kuchenrost stürzen. Gugelhupf erkalten lassen.

7. Für den Guss Kuchenglasur nach Packungsanleitung auflösen. Den Gugelhupf damit begießen.

8. Puderzucker mit dem Saft zu einer dickflüssigen Masse verrühren und in einen kleinen Gefrierbeutel geben. Beutel verschließen und eine kleine Ecke abschneiden. Den Gugelhupf mit dem Guss verzieren. Guss trocknen lassen.

Tipp: Es können auch 125 g getrocknete Cranberries verwendet werden.

Obstkuchen, französisch

Zubereitungszeit:
40 Minuten

Backzeit:
etwa 50 Minuten

Für den Knetteig:

200 g	*Weizenmehl*
1 Pck.	*Dr. Oetker Vanillin-Zucker*
1 Prise	*Salz*
1	*Ei (Größe M)*
100 g	*Butter oder Margarine*

Für den Belag:

250 g	*Aprikosen*
3 mittelgroße	*Äpfel*
2	*Birnen*

Für den Guss:

2	*Eigelb (Größe M)*
250 g	*Schlagsahne*
60 g	*Zucker*
1 Pck.	*Dr. Oetker Vanillin-Zucker*
2 gestr. EL	*Speisestärke*

Zum Aprikotieren:

4–5 EL	*Aprikosenkonfitüre*
1 EL	*Wasser*

Insgesamt:
E: 44 g, F: 186 g, Kh: 416 g, kJ: 14923, kcal: 3566

1. Für den Teig Mehl in eine Rührschüssel sieben. Restliche Zutaten hinzufügen und mit Handrührgerät mit Rührbesen auf höchster Stufe gut durcharbeiten. Anschließend auf einer leicht bemehlten Arbeitsfläche zu einem glatten Teig verkneten. Sollte er kleben, ihn in Folie gewickelt eine Zeit lang kalt stellen.

2. Gut die Hälfte des Teiges auf dem Boden eine Springform (Ø 26 cm, Boden gefettet) ausrollen, Springformrand darumlegen. Die Form auf dem Rost in den vorgeheizten Backofen schieben und und den Boden vorbacken.

Ober-/Unterhitze: etwa 180 °C
Heißluft: etwa 160 °C
Backzeit: etwa 10 Minuten.

3. Die Form auf einen Kuchenrost stellen, Gebäckboden etwas abkühlen lassen. Restlichen Teig zu einer langen Rolle formen, als Rand auf den vorgebackenen Boden legen und so an die Form drücken, dass ein 2–3 cm hoher Rand entsteht.

4. Für den Belag Aprikosen abspülen, trocken tupfen, halbieren, entsteinen und in Spalten schneiden. Äpfel und Birnen schälen, vierteln, entkernen und ebenfalls in Spalten schneiden. Den vorgebackenen Boden dekorativ mit dem Obst belegen.

5. Für den Guss Eigelb und Sahne mit einem Schneebesen verrühren. Zucker, Vanillin-Zucker und Speisestärke unterrühren. Den Guss auf dem Obst verteilen. Die Form wieder auf dem Rost in den heißen Backofen schieben und den Kuchen **bei gleicher Backofeneinstellung in etwa 40 Minuten** fertig backen.

6. Den Kuchen nach dem Backen aus der Form lösen. Zum Aprikotieren Konfitüre durch ein Sieb streichen und mit Wasser unter Rühren gut aufkochen lassen. Den heißen Kuchen sofort mit Hilfe eines Backpinsels damit bestreichen und etwas abkühlen lassen. Den Kuchen aus der Form lösen und auf einem Kuchenrost erkalten lassen.

Tipp: Statt Schlagsahne können Sie für den Guss auch 250 g Rahmjoghurt (10 % Fett) verwenden.

Gugelhupf mit Glühweinsirup

Zubereitungszeit:
40 Minuten, ohne Abkühlzeit

Backzeit:
etwa 60 Minuten

Zum Vorbereiten:
200 g Pumpernickel

Für den Biskuitteig:
6 Eier (Größe M)
100 g brauner Zucker
75 g weißer Zucker
1 Pck. Dr. Oetker Finesse Geriebene Zitronenschale
50 g Weizenmehl
1 gestr. TL Dr. Oetker Backin
100 g geriebene Edelbitter-Schokolade (mindestens 50 % Kakaoanteil)
100 g abgezogene, gemahlene Mandeln

Für die Form:
etwa 2 EL Semmelbrösel oder abgezogene, gemahlene Mandeln

Zum Tränken:
1 Bio-Orange (unbehandelt, ungewachst)
250 ml (¼ l) Rotwein
1 Stck. Stangenzimt
2 Gewürznelken
1 Prise Piment
100 g brauner Zucker
3 EL Rum

Zum Bestäuben:
etwas Puderzucker

Zum Servieren:
250 g Schlagsahne

Insgesamt:
E: 99 g, F: 226 g, Kh: 475 g, kJ: 19204, kcal: 40

1. Zum Vorbereiten Pumpernickel mit den Händen fein zerbröseln. Die Pumpernickelbrösel in eine große, beschichtete Pfanne geben und bei mittlerer Hitze unter Rühren leicht rösten. Pumpernickelbrösel herausnehmen und auf einem Teller erkalten lassen.

2. Für den Teig Eier in einer Rührschüssel mit Handrührgerät mit Rührbesen auf höchster Stufe in 1 Minute schaumig schlagen. Braunen und weißen Zucker mischen, in einer Minute unter Rühren einstreuen, dann noch etwa 2 Minuten schlagen. Zitronenschale hinzufügen.

3. Mehl mit Backpulver und Pumpernickelbröseln mischen, in 2 Portionen kurz auf niedrigster Stufe unterrühren. Schokolade und Mandeln vorsichtig unterheben.

4. Eine Gugelhupfform (Ø 22 cm) fetten, mit Semmelbröseln oder Mandeln ausstreuen. Den Teig vorsichtig in die Form füllen. Die Form auf dem Rost in den vorgeheizten Backofen schieben.

Ober-/Unterhitze: etwa 180 °C
Heißluft: etwa 160 °C
Backzeit: etwa 60 Minuten.

5. Die Form auf einen Kuchenrost stellen. Den Gugelhupf etwa 15 Minuten abkühlen lassen. Dann aus der Form lösen und auf einen mit Backpapier belegten Kuchenrost stürzen. Gugelhupf erkalten lassen.

6. Zum Tränken Orange heiß abwaschen, abtrocknen, schälen und den Saft auspressen. Rotwein, Orangenschale, -saft, Zimtstange, Nelken, Piment und Zucker in einem Topf zum Kochen bringen und bei schwacher Hitze etwa 15 Minuten ohne Deckel kochen lassen. Die Rotweinflüssigkeit durch ein Sieb gießen und den Rum unterrühren.

7. Etwa ein Drittel der Rotweinflüssigkeit in die gesäuberte Gugelhupfform geben und den Kuchen wieder in die Form setzen. Mit einem Holzstäbchen mehrere Male in den Gugelhupf stechen. Den Gugelhupf nach und nach mit der restlichen Rotweinflüssigkeit tränken.

8. Den Gugelhupf vorsichtig aus der Form auf eine Tortenplatte stürzen und mit Puderzucker bestäuben. Mit Schlagsahne servieren.

Französischer Zwetschenkuchen

Zubereitungszeit:
30 Minuten, ohne Kühlzeit

Backzeit:
etwa 35 Minuten

Für den Rührteig:

150 g	Butter oder Margarine
100 g	Zucker
1 Pck.	Dr. Oetker Bourbon-Vanille-Zucker
1 gestr TL	gemahlener Zimt
1 Msp.	gemahlene Nelken
2	Eier (Größe M)
150 g	Weizenmehl
1 gestr. TL	Dr. Oetker Backin
50 g	abgezogene, gemahlene Mandeln

Zum Bestreuen:

50 g	abgezogene, gemahlene Mandeln

Für den Belag:

750 g	Zwetschen

Zum Bestreichen:

3 EL	Johannisbeergelee
1 EL	Zitronensaft

Zum Bestreuen:

25 g	abgezogene, gestiftelte Mandeln

Insgesamt:
E: 56 g, F: 211 g, Kh: 334 g, kJ: 14672, kcal: 3508

1. Für den Teig Butter oder Margarine in einer Rührschüssel mit Handrührgerät mit Rührbesen geschmeidig rühren. Nach und nach Zucker, Vanille-Zucker, Zimt und Nelken unterrühren. So lange rühren, bis eine gebundene Masse entstanden ist.

2. Eier nach und nach unterrühren (jedes Ei etwa ½ Minute). Mehl mit Backpulver mischen, sieben und in 2 Portionen kurz auf mittlerer Stufe unterrühren. Mandeln unterheben.

3. Den Teig in eine Springform (Ø 26 cm, gefettet) geben, glattstreichen und mit Mandeln bestreuen.

4. Für den Belag Pflaumen waschen, abtrocknen, halbieren, entsteinen und vierteln. Große Pflaumen achteln und die Spitzen etwa ½ cm tief einschneiden. Die Pflaumen von außen nach innen auf den Teig legen. Die Form auf dem Rost in den vorgeheizten Backofen schieben.

Ober/Unterhitze: etwa 180 °C
Heißluft: etwa 160 °C
Backzeit: etwa 35 Minuten.

5. Die Form auf einen Kuchenrost stellen.

6. Zum Bestreichen Gelee mit Zitronensaft in einem kleinen Topf bei mittlerer Hitze zum Kochen bringen. Die Pflaumen sofort damit bestreichen und mit Mandeln bestreuen. Den Kuchen erkalten lassen und aus der Form lösen.

Tipp: Den Zwetschenkuchen mit steif geschlagener Sahne servieren.

Gut vorzubereiten

Mohnkranz

Zubereitungszeit:
40 Minuten

Backzeit:
etwa 40 Minuten

Für die Füllung:

250 g	*gemahlener Mohn*
150 g	*zerlassene Butter*
150 g	*Zucker*
1 Pck.	*Dr. Oetker Vanillin-Zucker*
2 Tropfen	*Bittermandel-Aroma*
2	*Eier (Größe M)*
25 g	*abgezogene, gemahlene Mandeln*
100 g	*gewürfeltes Zitronat*
75 g	*Rosinen*

Für den Quark-Öl-Teig:

300 g	*Weizenmehl*
1 Pck.	*Dr. Oetker Backin*
150 g	*Speisequark (Magerstufe)*
6 EL	*Milch*
6 EL	*Speiseöl*
80 g	*Zucker*
1 Pck.	*Dr. Oetker Vanillin-Zucker*
1 Prise	*Salz*

Zum Bestreichen:

1	*Eigelb*
1 EL	*Milch*

Insgesamt:
E: 128 g, F: 330 g, Kh: 608 g, kJ: 24898, kcal: 5949

1. Für die Füllung Mohn in eine Rührschüssel geben. Butter, Zucker, Vanillin-Zucker, Aroma, Eier, Mandeln, Zitronat und Rosinen hinzufügen. Die Zutaten gut verrühren.

2. Für den Teig Mehl mit Backpulver mischen und in eine Rührschüssel sieben. Quark, Milch, Speiseöl, Zucker, Vanillin-Zucker und Salz hinzufügen. Die Zutaten mit Handrührgerät mit Knethaken zunächst kurz auf niedrigster, dann auf höchster Stufe in etwa 1 Minute zu einem glatten Teig verarbeiten (nicht zu lange, da sonst der Teig klebt).

3. Den Teig auf einer leicht bemehlten Arbeitsfläche zu einer Rolle formen und anschließend zu einem Rechteck (etwa 35 x 45 cm) ausrollen. Teigrechteck mit der Mohnmasse bestreichen und von der längeren Seite her aufrollen.

4. Die Teigrolle als Kranz auf ein Backblech (mit Backpapier belegt) legen und sternförmig etwa ½ cm tief einschneiden.

5. Zum Bestreichen Eigelb mit Milch verschlagen. Die Teigoberfläche damit bestreichen. Das Backblech in den vorgeheizten Backofen schieben.

Ober-/Unterhitze: etwa 180 °C
Heißluft: etwa 160 °C
Backzeit: etwa 40 Minuten.

6. Den Mohnkranz mit dem Backpapier vom Backblech auf einen Kuchenrost ziehen. Mohnkranz erkalten lassen.

Tipp: Statt gemahlenem Mohn kann auch 1 Päckchen Mohnback verwendet werden.

Eisroulade

Zubereitungszeit:
30 Minuten, ohne Gefrierzeit

Backzeit:
etwa 15 Minuten

Für den Biskuitteig:

3	Eier (Größe M)
1	Eigelb (Größe M)
150 g	Zucker
1 Pck.	Dr. Oetker Vanillin-Zucker
75 g	Weizenmehl
1 Pck.	Dr. Oetker Pudding-Pulver Schokoladen-Geschmack

Für die Füllung.

250 g	Schlagsahne
1 Pck.	Dr. Oetker Vanillin-Zucker
1 Pck.	Dr. Oetker Sahnesteif
1	Eiweiß (Größe M)
2 EL	Kirschwasser
150 g	Sauerkirschkonfitüre

Für die Beilage:

1 Becher (500 g)	Kirschgrütze (aus dem Glas)
etwa 150 ml	Eierlikör
evtl. einige	vorbereitete Minzeblättchen

Insgesamt:
E: 52 g, F: 116 g, Kh: 545 g,
kJ: 15439, kcal: 3675

1. Für den Teig Eier und Eigelb in einer Rührschüssel mit Handrührgerät mit Rührbesen auf höchster Stufe in 1 Minute schaumig schlagen. Zucker mit Vanillin-Zucker mischen, in einer Minute unter Rühren einstreuen, dann noch etwa 2 Minuten schlagen.

2. Mehl mit Pudding-Pulver mischen, sieben und kurz auf niedrigster Stufe unterrühren. Einen Backrahmen auf ein Backblech (mit Backpapier belegt) in der Größe von etwa 30 x 30 cm stellen. Den Teig in den Backrahmen geben und glattstreichen. Das Backblech in den vorgeheizten Backofen schieben.

Ober-/Unterhitze: etwa 200 °C
Heißluft: etwa 180 °C
Backzeit: etwa 15 Minuten.

3. Den Backrahmen lösen und entfernen. Die Biskuitplatte auf Backpapier stürzen. Biskuitplatte erkalten lassen. Mitgebackenes Backpapier entfernen.

4. Für die Füllung Sahne mit Vanillin-Zucker und Sahnesteif steif schlagen. Eiweiß ebenfalls steif schlagen und mit dem Kirschwasser unter die Sahne heben.

5. Die Sahnemasse auf der Biskuitplatte verteilen. Die Konfitüre mit einem Teelöffel in Klecksen daraufgeben und etwas verstreichen. Die Biskuitplatte mit dem Backpapier aufrollen. Das Backpapier an beiden Enden wie ein Bonbon zusammendrehen. Die Rolle mit dem Backpapier in den Gefrierschrank legen und mindestens 3–4 Stunden gefrieren lassen. Das Backpapier entfernen.

6. Die Eisroulade in Scheiben schneiden und mit der Kirschgrütze und dem Eierlikör servieren. Nach Belieben mit Minzeblättchen garnieren.

Apfelkuchen mit Biskuitguss

Zubereitungszeit:
40 Minuten, ohne Abkühlzeit

Backzeit:
etwa 60 Minuten

Für den Knetteig:

200 g	*Weizenmehl*
75 g	*Puderzucker*
1 Pck.	*Dr. Oetker Vanillin-Zucker*
1	*Ei (Größe M)*
75 g	*Butter oder Margarine*

Für die Füllung:

1,2 kg	*Äpfel (etwa 7 große Äpfel, z.B. Elstar)*
1 Pck.	*Dr. Oetker Bourbon-Vanille-Zucker*
½ TL	*gemahlener Zimt*
½ TL	*gemahlener Ingwer*
2 Msp.	*gemahlener Piment*
40 g	*Rosinen*
50 g	*gehackte Walnusskerne*

Für den Biskuitguss:

3	*Eier (Größe M)*
50 g	*Zucker*
100 g	*Weizenmehl*
1 Msp.	*Dr. Oetker Backin*
1 EL	*Speiseöl*
etwas	*Puderzucker*

Insgesamt:
E: 70 g, F: 139 g, Kh: 517 g, kJ: 15218, kcal: 3639

1. Für den Teig Mehl in eine Rührschüssel sieben. Restliche Zutaten hinzufügen und mit Handrührgerät mit Rührbesen auf höchster Stufe gut durcharbeiten. Anschließend auf einer bemehlten Arbeitsfläche zu einem glatten Teig verkneten. Sollte er kleben, ihn in Folie gewickelt eine Zeit lang kaltstellen.

2. Zwei Drittel des Teiges auf dem Boden einer Springform (26 cm, gefettet) ausrollen. Den Springformrand darumstellen. Restlichen Teig zu einer langen Rolle formen, auf den Teigboden legen, so an die Form drücken, dass ein etwa 3 cm hoher Rand entsteht.

3. Für die Füllung Äpfel schälen, vierteln, entkernen, quer in dünne Spalten schneiden und in eine Schüssel geben. Vanille-Zucker mit Zimt, Ingwer und Piment mischen, mit Rosinen und Walnusskernen zu den Apfelspalten geben und gut vermischen. Die Apfelmischung auf dem Teig verteilen. Die Form auf dem Rost in den vorgeheizten Backofen schieben.

Ober/Unterhitze: etwa 180 °C
Heißluft: etwa 160 °C
Backzeit: etwa 30 Minuten.

4. Für den Biskuitguss Eier in einer Rührschüssel mit Handrührgerät mit Rührbesen auf höchster Stufe in 1 Minute schaumig schlagen. Zucker in einer Minute unter Rühren einstreuen, dann noch etwa 2 Minuten schlagen.

5. Mehl mit Backpulver mischen, sieben und kurz auf niedrigster Stufe unterrühren, Speiseöl hinzufügen. Den Biskuitguss nach etwa 30 Minuten Backzeit auf den heißen Kuchen geben und **bei gleicher Backofeneinstellung weitere etwa 30 Minuten** backen.

6. Die Form auf einen Kuchenrost stellen. Den Kuchen etwa 30 Minuten in der Form abkühlen lassen. Dann Springformrand lösen und entfernen.

7. Den Kuchen auf einem Kuchenrost erkalten lassen. Anschließend auf eine Tortenplatte umsetzen. Nach Belieben abgespülte, gut abgetropfte Apfelblätter auf die Tortenoberfläche legen, mit Puderzucker bestäuben und die Blätter vorsichtig entfernen.

Tipp: Den Kuchen lauwarm mit Vanillesauce servieren.

Käsekuchen mit Rhabarber

Zubereitungszeit:
50 Minuten, ohne Abkühlzeit

Backzeit:
etwa 60 Minuten

Für den Knetteig:

400 g	Weizenmehl
2 gestr. TL	Dr. Oetker Backin
150 g	Zucker
1 Pck.	Dr. Oetker Vanillin-Zucker
2	Eier (Größe M)
1 Prise	Salz
250 g	Butter oder Margarine

Für den Belag:

1,5 kg	Rhabarber

Für die Quarkmasse:

250 g	Speisequark (Magerstufe)
2 Becher (je 125 g)	Crème double
150 g	Zucker
1 Pck.	Dr. Oetker Vanillin-Zucker
5	Eigelb (Größe M)
125 ml (⅛ l)	Milch
1 Pck.	Käsekuchen-Hilfe
5	Eiweiß (Größe M)
1 EL	Zucker
50 g	abgezogene, gehobelte Mandeln

Insgesamt:
E: 147 g, F: 404 g, Kh: 708 g, kJ: 29898, kcal: 7154

1. Für den Teig Mehl mit Backpulver mischen und in eine Rührschüssel sieben. Zucker, Vanillin-Zucker, Eier, Salz und Butter oder Margarine hinzufügen.

2. Die Zutaten mit Handrührgerät mit Knethaken zunächst kurz auf niedrigster, dann auf höchster Stufe gut durcharbeiten. Anschließend auf einer bemehlten Arbeitsfläche zu einem glatten Teig verkneten. Sollte er kleben, ihn in Folie gewickelt eine Zeit lang kaltstellen.

3. Den Teig auf einem Backblech (30 x 40 cm, gefettet) ausrollen. Teigboden mehrfach mit einer Gabel einstechen. Das Backblech in den vorgeheizten Backofen schieben und den Boden vorbacken.

Ober-/Unterhitze: etwa 180 °C
Heißluft: etwa 160 °C
Backzeit: etwa 20 Minuten.

4. Das Backblech auf einen Kuchenrost stellen. Kuchen etwas abkühlen lassen. Einen Backrahmen darumstellen.

5. Für den Belag Rhabarber waschen, Stielenden und Blattansätze entfernen, Stangen (nicht abziehen) in etwa 2 cm lange Stücke schneiden. Rhabarberstücke abtropfen lassen.

6. Für die Quarkmasse Quark mit Crème double, Zucker, Vanillin-Zucker, Eigelb, Milch und Käsekuchen-Hilfe zu einer geschmeidigen Masse verrühren. Eiweiß mit 1 Esslöffel Zucker steif schlagen und unterheben. Die Quarkmasse auf dem vorgebackenen Boden verteilen. Die Rhabarberstücke gleichmäßig darauflegen. Den Kuchenrand mit Mandeln bestreuen. Das Backblech wieder in den Backofen schieben und den Kuchen **bei gleicher Backofeneinstellung in etwa 40 Minuten** fertig backen.

7. Das Backblech auf einen Kuchenrost stellen. Den Kuchen erkalten lassen. Den Backrahmen vorsichtig lösen und entfernen.

Preiswert

Apfel-Schmand-Kuchen

Zubereitungszeit:
50 Minuten, ohne Teiggehzeit

Backzeit:
30–35 Minuten

Für den Hefeteig:

375 g Weizenmehl
1 Pck. Dr. Oetker Trockenbackhefe
1 Prise Salz
50 g Zucker
200 ml lauwarme Milch
50 g zerlassene, abgekühlte Butter oder Margarine

Für den Belag:

1,2 kg Äpfel
6 EL Zitronensaft
200 g Schmand (Sauerrahm)
3 Eier (Größe M)
30 g Zucker
1 Pck. Dr. Oetker Vanillin-Zucker

Insgesamt:
E: 72 g, F: 130 g, Kh: 501 g, kJ: 14805, kcal: 3514

1. Für den Teig Mehl in eine Rührschüssel sieben, mit Trockenbackhefe sorgfältig vermischen. Salz, Zucker, Milch und Butter oder Margarine hinzufügen. Die Zutaten mit Handrührgerät mit Knethaken zunächst kurz auf niedrigster, dann auf höchster Stufe in etwa 5 Minuten zu einem glatten Teig verarbeiten. Den Teig zugedeckt so lange an einem warmen Ort gehen lassen, bis er sich sichtbar vergrößert hat.

2. Den Teig leicht mit Mehl bestäuben, aus der Schüssel nehmen, auf einer bemehlten Arbeitsfläche nochmals kurz durchkneten und auf einem Backblech (30 x 40 cm, gefettet) ausrollen.

3. Für den Belag Äpfel schälen, vierteln und entkernen. Apfelviertel in Spalten schneiden und sofort mit 2 Esslöffeln Zitronensaft beträufeln, damit sie nicht braun werden. Apfelspalten gleichmäßig auf dem Teig verteilen.

4. Restlichen Zitronensaft mit Schmand, Eiern, Zucker und Vanillin-Zucker verrühren. Die Masse auf den Apfelspalten verteilen. Das Backblech in den vorgeheizten Backofen schieben.

Ober-/Unterhitze: etwa 200 °C
Heißluft: etwa 180 °C
Backzeit: 30–35 Minuten.

5. Das Backblech auf einen Kuchenrost stellen. Den Kuchen erkalten lassen.

Tipp: Nach Belieben Rosinen in die Schmandmasse geben oder den Belag vor dem Backen mit abgezogenen, gehobelten Mandeln bestreuen.

Schmand-Kirsch-Kuchen

Zubereitungszeit:
40 Minuten, ohne Abkühlzeit

Backzeit:
etwa 55 Minuten

Für den Rührteig:

250 g	Butter oder Margarine
200 g	Zucker
4	Eier (Größe M)
250 g	Weizenmehl
3 gestr. TL	Dr. Oetker Backin

Für den Belag:

2 Gläser	Sauerkirschen (Abtropfgewicht je 370 g)
750 ml (¾ l)	Milch
2 Pck.	Dr. Oetker Pudding-Pulver Vanille-Geschmack
100 g	Zucker
3 Becher (je 200 g)	Schmand oder Crème fraîche

Für den Guss:

2 Pck.	Tortenguss, rot
20 g	Zucker
500 ml (½ l)	Sauerkirschsaft (aus den Gläsern)

Insgesamt:
E: 93 g, F: 432 g, Kh: 840 g, kJ: 32688, kcal: 7776

1. Für den Teig Butter oder Margarine mit Handrührgerät mit Rührbesen auf höchster Stufe geschmeidig rühren. Nach und nach Zucker unter Rühren hinzufügen. So lange rühren, bis eine gebundene Masse entstanden ist.

2. Eier nach und nach unterrühren (jedes Ei etwa ½ Minute). Mehl mit Backpulver mischen, sieben und in 2 Portionen auf mittlerer Stufe unterrühren. Den Teig auf ein Backblech (30 x 40 cm, gefettet) geben und glattstreichen. Das Backblech in den vorgeheizten Backofen schieben und den Boden vorbacken.

Ober-/Unterhitze: etwa 180 °C
Heißluft: etwa 160 °C
Backzeit: etwa 30 Minuten.

3. Das Backblech auf einen Kuchenrost stellen. Den Gebäckboden etwas abkühlen lassen.

4. Für den Belag Sauerkirschen in einem Sieb abtropfen lassen, den Saft auffangen und 500 ml (½ l) abmessen. Einen Backrahmen um den vorgebackenen Boden stellen. Die Sauerkirschen auf dem Boden verteilen.

5. Einen Pudding aus Milch, Pudding-Pulver und Zucker nach Packungsanleitung, aber mit den hier angegebenen Zutaten zubereiten. Schmand oder Crème fraîche unter den heißen Pudding rühren.

6. Die Pudding-Schmand-Masse auf die Sauerkirschen geben und glattstreichen. Das Backblech wieder in den Backofen schieben und den Kuchen **bei gleicher Backofeneinstellung weitere etwa 25 Minuten** backen. Dann den Backofen ausschalten. Den Kuchen noch etwa 10 Minuten im ausgeschalteten Backofen stehen lassen.

7. Das Backblech auf einen Kuchenrost stellen und den Kuchen erkalten lassen.

8. Für den Guss aus Tortengusspulver, Zucker und Sauerkirschsaft nach Packungsanleitung einen Guss zubereiten. Den Guss vorsichtig auf der Puddingmasse verteilen. Guss fest werden lassen. Den Backrahmen vorsichtig lösen und entfernen.

Beeren-Blechkuchen

Zubereitungszeit:
30 Minuten, ohne Abkühlzeit

Backzeit:
25–30 Minuten

Zum Vorbereiten:

400 g	*Heidelbeeren*
400 g	*Himbeeren*

Für den Biskuitteig:

5	*Eier (Größe M)*
5 EL	*Apfelsaft*
200 g	*Zucker*
1 Pck.	*Dr. Oetker Vanillin-Zucker*
½ Pck.	*Dr. Oetker Finesse Geriebene Zitronenschale*
300 g	*gesiebtes Weizenmehl*
3 gestr. TL	*Dr. Oetker Backin*
75 g	*Weichweizengrieß*
25 ml	*Speiseöl*

Zum Bestäuben:

40 g	*gesiebter Puderzucker*

Nach Belieben zum Servieren:

250 g	*Schlagsahne*
1 EL	*Zitronensaft*
1 Pck.	*Dr. Oetker Sahnesteif*
1 TL	*Zucker*

Insgesamt:
E: 79 g, F: 63 g, Kh: 569 g, kJ: 13474, kcal: 3216

1. Zum Vorbereiten Heidelbeeren putzen, vorsichtig abspülen und gut abtropfen lassen. Himbeeren verlesen, eventuell kurz abspülen und ebenfalls gut abtropfen lassen.

2. Für den Teig Eier und Apfelsaft in einer Rührschüssel mit Handrührgerät mit Rührbesen auf höchster Stufe in 1 Minute schaumig schlagen. Zucker mit Vanillin-Zucker und Zitronenschale mischen, in 1 Minute unter Rühren einstreuen, dann noch etwa 2 Minuten schlagen.

3. Mehl mit Backpulver und Grieß mischen, die Hälfte davon auf die Eiercreme geben und kurz auf niedrigster Stufe unterrühren. Restliches Mehl-Grieß-Gemisch auf die gleiche Weise unterarbeiten. Speiseöl unterrühren.

4. Jeweils die Hälfte der Heidelbeeren und der Himbeeren vorsichtig unter den Teig heben. Den Teig auf ein Backblech (30 x 40 cm, mit Backpapier belegt) geben und glattstreichen. Restliche Früchte auf dem Teig verteilen. Das Backblech in den vorgeheizten Backofen schieben.

Ober/Unterhitze etwa 180 °C
Heißluft etwa 160 °C
Backzeit etwa 25–30 Minuten.

5. Den Kuchen etwa 5 Minuten vor Ende der Backzeit mit Puderzucker bestäuben.

6. Das Backblech auf einen Kuchenrost stellen. Den Kuchen erkalten lassen.

7. Nach Belieben zum Servieren Sahne mit Zitronensaft, Sahnesteif und Zucker steif schlagen. Den Beerenkuchen in Stücke schneiden und mit der Zitronensahne servieren.

Käsekuchen, einmal anders

Zubereitungszeit:
25 Minuten, ohne Teiggehzeit

Backzeit:
etwa 25 Minuten

Für den Hefeteig:

375 g	*Weizenmehl*
1 Pck.	*Dr. Oetker Trockenbackhefe*
75 g	*Zucker*
1 Prise	*Salz*
1	*Ei (Größe M)*
200 g	*lauwarme Schlagsahne*
100 g	*zerlassene, abgekühlte Butter oder Margarine*

Für die Füllung:

1 kleine Dose	*Pfirsichhälften (Abtropfgewicht 250 g)*
300 g	*Doppelrahm-Frischkäse*
75 g	*Zucker*
1 Pck.	*Dr. Oetker Vanillin-Zucker*
1	*Eigelb (Größe M)*
3 EL	*Pfirsichsaft (von den gedünsteten Pfirsichen)*
1	*Eiweiß (Größe M)*
20 g	*zerlassene Butter*
20 g	*Zucker*

Insgesamt:
E: 95 g, F: 281 g, Kh: 521 g, kJ: 21097, kcal: 5041

1. Für den Teig Mehl in eine Rührschüssel sieben, mit Trockenbackhefe sorgfältig vermischen. Zucker, Salz, Ei, Sahne und Butter oder Margarine hinzufügen.

2. Die Zutaten mit Handrührgerät mit Knethaken zunächst kurz auf niedrigster, dann auf höchster Stufe in etwa 5 Minuten zu einem glatten Teig verarbeiten. Den Teig zugedeckt so lange an einem warmen Ort gehen lassen, bis er sich sichtbar vergrößert hat.

3. Für die Füllung Pfirsichhälften in einem Sieb abtropfen lassen, den Saft auffangen. Frischkäse mit Zucker, Vanillin-Zucker, Eigelb und Pfirsichsaft geschmeidig rühren. Pfirsichhälften in kleine Würfel schneiden. Eiweiß steif schlagen. Pfirsichwürfel und Eischnee unter die Käsecreme rühren.

4. Den gegangenen Teig leicht mit Mehl bestäuben, aus der Schüssel nehmen, auf einer bemehlten Arbeitsfläche nochmals kurz durchkneten.

5. Knapp die Hälfte des Teiges auf einem Backblech (30 x 40 cm, gefettet) ausrollen, am Rand etwas hochdrücken. Die Käse-Pfirsich-Creme gleichmäßig darauf verteilen, dabei an der offenen Seite des Backblechs etwa 2 cm frei lassen. Die überstehenden Teigränder auf die Käse-Pfirsich-Creme schlagen.

6. Restlichen Teig auf der bemehlten Arbeitsfläche zu einem Rechteck (30 x 40 cm) ausrollen und auf die Käse-Pfirsich-Creme legen, die Ränder gut andrücken. Den Teig nochmals so lange an einem warmen Ort gehen lassen, bis er sich sichtbar vergrößert hat. Die Teigdecke mehrmals mit einer Gabel einstechen. Das Backblech in den vorgeheizten Backofen schieben.

Ober-/Unterhitze: 200–220 °C
Heißluft: 180–200 °C
Backzeit: etwa 25 Minuten.

7. Das Backblech auf einen Kuchenrost stellen. Den Kuchen sofort mit Butter bestreichen und mit Zucker bestreuen. Den Kuchen erkalten lassen.

Zwetschenkuchen Lübecker Art

Zubereitungszeit:
40 Minuten, ohne Teiggehzeit

Backzeit:
etwa 35 Minuten

Für den Hefeteig:

375 g	*Weizenmehl*
1 Pck.	*Dr. Oetker Trockenbackhefe*
1 Prise	*Salz*
200 ml	*lauwarme Milch*
1 Pck.	*Dr. Oetker Finesse Geriebene Zitronenschale*
50 g	*Zucker*
1	*Ei (Größe M)*
50 g	*zerlassene, abgekühlte Butter oder Margarine*

Für die Füllung:

100 g	*Löffelbiskuits*
150 g	*Marzipan-Rohmasse*
4	*Eigelb (Größe M)*
4	*Eiweiß (Größe M)*
1 Prise	*Salz*
75 g	*Zucker*
1 Pck.	*Dr. Oetker Vanillin-Zucker*
1 Pck.	*Dr. Oetker Finesse Jamaica-Rum-Aroma*
200 g	*abgezogene, gemahlene Mandeln*

Für den Belag:

1,2–1,5 kg	*Zwetschen*

Insgesamt:
E: 158 g, F: 264 g, Kh: 685 g, kJ: 24302, kcal: 5806

1. Für den Teig Mehl in eine Rührschüssel sieben und mit der Trockenbackhefe sorgfältig vermischen. Salz, Milch, Zitronenschale, Zucker, Ei und Butter oder Margarine hinzufügen. Die Zutaten mit Handrührgerät mit Knethaken zunächst kurz auf niedrigster, dann auf höchster Stufe in etwa 5 Minuten zu einem glatten Teig verarbeiten. Die Teig zugedeckt so lange an einem warmen Ort gehen lassen, bis er sich sichtbar vergrößert hat.

2. Den Teig leicht mit Mehl bestäuben, aus der Schüssel nehmen, auf einer leicht bemehlten Arbeitsfläche nochmals kurz durchkneten und auf einem Backblech (30 x 40 cm, gefettet) ausrollen.

3. Für die Füllung Löffelbiskuits in einen Gefrierbeutel geben, Beutel verschließen. Löffelbiskuits mit einer Teigrolle zerbröseln. Marzipan in kleine Stücke schneiden, mit Eigelb in einer Rührschüssel mit einem Handrührgerät mit Rührbesen verrühren, bis eine einheitliche Masse entstanden ist. Eiweiß mit Salz steif schlagen.

4. Zucker, Vanillin-Zucker und Aroma nach und nach mit Handrührgerät mit Rührbesen unter die Marzipanmasse rühren. Eischnee, Mandeln und Biskuitbrösel vorsichtig unterheben.

5. Die Marzipan-Mandel-Masse auf den Hefeteig geben und glattstreichen.

6. Für den Belag Zwetschen waschen, gut abtrocknen, halbieren, entsteinen, vierteln und die Spitzen etwa ½ cm tief einschneiden. Die Zwetschenviertel auf die Marzipan-Mandel-Masse legen. Den Teig nochmals zugedeckt so lange an einem warmen Ort gehen lassen, bis er sich sichtbar vergrößert hat. Das Backblech in den vorgeheizten Backofen schieben.

Ober/Unterhitze: etwa 200 °C
Heißluft: etwa 180 °C
Backzeit: etwa 35 Minuten.

7. Das Backblech auf einen Kuchenrost stellen. Den Kuchen erkalten lassen.

Tipp: Zwetschenkuchen mit steif geschlagener Sahne servieren.

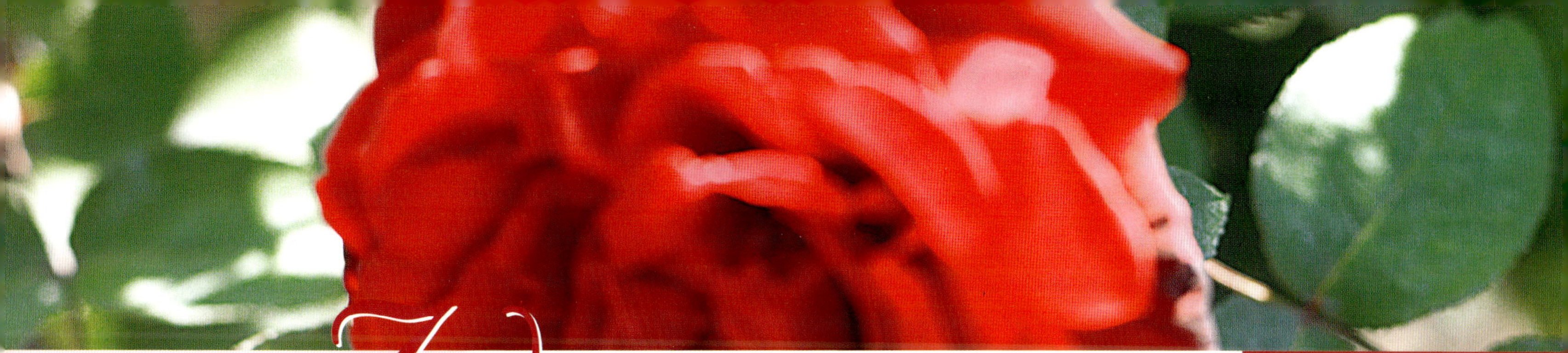

Für Geübte – beliebt

Vanille-Kirsch-Kuchen

Zubereitungszeit:
45 Minuten, ohne Teiggeh- und Kühlzeit

Backzeit:
etwa 30 Minuten

Für den Hefeteig:

350 g	Weizenmehl
1 Becher (150 g)	Crème fraîche
1 Pck.	(42 g) frische Hefe
50 g	Zucker
50 g	zerlassene, abgekühlte Butter oder Margarine
2 Pck.	Dr. Oetker Vanillin-Zucker
1 Prise	Salz
2	Eier (Größe M)

Für die Füllung:

2 Gläser	Sauerkirschen (Abtropfgewicht je 350 g)
2 Pck.	Dr. Oetker Pudding-Pulver Vanille-Geschmack
50 g	Zucker
2	Eigelb (Größe M)
750 ml (¾ l)	Milch
2 Becher (je 125 g)	Crème double
3	Eiweiß (Größe M)

Zum Bestreichen und Bestreuen:

1	Eigelb (Größe M)
1 EL	Kondensmilch
etwas	Zimt-Zucker
50 g	abgezogene, gehobelte Mandeln

Insgesamt:
E: 126 g, F: 291 g, Kh: 635 g, kJ: 24204, kcal: 5800

1. Für den Teig Mehl in eine Rührschüssel sieben und in die Mitte eine Vertiefung drücken. Crème fraîche unter Rühren leicht erwärmen und in die Vertiefung geben. Hefe hineinbröckeln, mit 1 Esslöffel des Zuckers, Crème fraîche und etwas von dem Mehl mit einer Gabel verrühren, etwa 10 Minuten zugedeckt gehen lassen.

2. Restliche Zutaten hinzufügen und mit Handrührgerät mit Knethaken zunächst kurz auf niedrigster, dann auf höchster Stufe in etwa 5 Minuten zu einem glatten Teig verarbeiten. Den Teig zugedeckt so lange an einem warmen Ort gehen lassen, bis er sich sichtbar vergrößert hat.

3. Für die Füllung Kirschen in einem Sieb gut abtropfen lassen. Pudding-Pulver mit Zucker, Eigelb und etwa 100 ml von der Milch glattrühren. Restliche Milch zum Kochen bringen, von der Kochstelle nehmen, angerührtes Pulver einrühren. Pudding unter Rühren etwa 1 Minute kochen lassen, von der Kochstelle nehmen und etwas abkühlen lassen. Crème double unterrühren. Den Pudding erkalten lassen, dabei gelegentlich umrühren. Eiweiß steif schlagen und unter den Pudding rühren.

4. Den gegangenen Teig leicht mit Mehl bestäuben, aus der Schüssel nehmen und auf einer bemehlten Arbeitsfläche nochmals gut durchkneten. Die Hälfte des Teiges auf einem Backblech (30 x 40 cm, gefettet) ausrollen und die Puddingmasse darauf verteilen. Kirschen darauf geben. Restlichen Teig in der Größe des Backblechs ausrollen, auf die Kirschen legen, bis in die Ecken ziehen und an den Rändern mit Hilfe einer Teigkarte andrücken.

5. Zum Bestreichen Eigelb mit Milch verschlagen, den Teig damit bestreichen. Teigoberfläche vorsichtig mehrmals mit einer Gabel einstechen. Mit Zimt-Zucker und Mandeln bestreuen. Den Teig nochmals so lange an einem warmen Ort gehen lassen, bis er sich sichtbar vergrößert hat. Das Backblech in den vorgeheizten Backofen schieben.

Ober-/Unterhitze: etwa 180 °C
Heißluft: etwa 160 °C
Backzeit: etwa 30 Minuten.

6. Das Backblech auf einen Kuchenrost stellen und den Kuchen erkalten lassen.

Tipp: Für die Füllung können Sie Crème double durch Mascarpone oder Schmand ersetzen.

Birnen-Nuss-Kuchen

Zubereitungszeit:
40 Minuten, ohne Abkühlzeit

Backzeit:
40–50 Minuten

Für den Rührteig:
225 g Butter oder Margarine
175 g Zucker
1 Pck. Dr. Oetker Vanillin-Zucker
1 Prise Salz
1 Pck. Dr. Oetker Finesse Geriebene Zitronenschale
4 Eier (Größe M)
250 g Weizenmehl
75 g Speisestärke
3 gestr. TL Dr. Oetker Backin
150 g gehackte Walnusskerne

Für den Belag:
1,5 kg reife Birnen

Zum Bestreuen:
50 g gehackte Walnusskerne
50 g Zucker
1 Pck. Dr. Oetker Vanillin-Zucker
1 Msp. gemahlener Zimt

50 g Butter

Zum Verzieren:
50 g Zartbitter-Kuvertüre oder 50 g Edelbitter-Schokolade (mindestens 50 % Kakaoanteil)
½ TL Speiseöl

Insgesamt:
E: 92 g, F: 407 g, Kh: 664 g, kJ: 27968, kcal: 6679

1. Für den Teig Butter oder Margarine in einer Rührschüssel mit Handrührgerät mit Rührbesen geschmeidig rühren. Nach und nach Zucker, Vanillin-Zucker und Salz unterrühren. So lange rühren, bis eine gebundene Masse entstanden ist. Zitronenschale hinzufügen. Eier nach und nach unterrühren (jedes Ei etwa ½ Minute).

2. Mehl mit Speisestärke und Backpulver mischen, sieben, in 2 Portionen auf mittlerer Stufe unterrühren. Walnusskerne unterheben. Den Teig auf ein Backblech (30 x 40 cm, mit Backpapier belegt) geben und glattstreichen.

3. Für den Belag Birnen schälen, vierteln, entkernen und in etwa 1 cm dicke Spalten schneiden. Birnenspalten auf dem Teig verteilen.

4. Zum Bestreuen Walnusskerne mit Zucker, Vanillin-Zucker und Zimt mischen. Die Birnenspalten damit bestreuen. Butterflöckchen darauf verteilen. Das Backblech in den vorgeheizten Backofen schieben.

Ober/Unterhitze: etwa 180 °C
Heißluft: etwa 160 °C
Backzeit: 40–50 Minuten.

5. Das Backblech auf einen Kuchenrost stellen. Den Kuchen erkalten lassen.

6. Zum Verzieren Kuvertüre in Stücke schneiden oder Schokolade in Stücke brechen, mit Speiseöl in einem kleinen Topf im heißen Wasserbad schmelzen. Die Masse in einen kleinen Gefrierbeutel geben, Beutel verschließen und eine kleine Ecke abschneiden. Den Kuchen mit der Schokolade verzieren und die Schokolade fest werden lassen.

Hinweise zu den Rezepten

Alle Rezepte sind von Dr. Oetker entwickelt und getestet worden. Sie sind ausführlich beschrieben und zum besseren Nachvollziehen übersichtlich in Punkte gegliedert. Die Zutaten sind in der Reihenfolge der Verwendung in einer Spalte aufgeführt, so dass leicht nachvollziehbar ist, was für das Rezept benötigt wird. Die Rezepte enthalten darüber hinaus Backzeit, Zubereitungszeit sowie Nährwertangaben.

Lesen Sie bitte vor der Zubereitung – besser noch vor dem Einkaufen – das Rezept einmal vollständig durch. Oft werden Arbeitsabläufe oder -zusammenhänge dann klarer.

Abkürzungen

EL = Esslöffel
TL = Teelöffel
Msp. = Messerspitze
Pck. = Packung/Päckchen
g = Gramm
kg = Kilogramm
ml = Milliliter
l = Liter
evtl. = eventuell
geh. = gehäuft
gestr. = gestrichen
TK = Tiefkühlprodukt
°C = Grad Celsius
Ø = Durchmesser
E = Eiweiß
F = Fett
Kh = Kohlenhydrate
kcal = Kilokalorien
kJ = Kilojoule

Die in den Rezepten angegebenen Backtemperaturen und -zeiten sind Richtwerte, die je nach individueller Hitzeleistung des Backofens über- oder unterschritten werden können. Bitte beachten Sie deshalb bei der Einstellung des Backofens die Gebrauchsanweisung des Herstellers und machen Sie nach Beendigung der Backzeit eine Garprobe.

Zubereitungszeiten

Die Zubereitungszeit beinhaltet nur die Zeit für die eigentliche Zubereitung, die Backzeiten sind gesondert ausgewiesen. Längere Wartezeiten, wie z. B. Kühlzeiten, sind ebenfalls nicht mit einbezogen.

Kapitelregister

Torten

Lagentorte mit Weincreme 7
Rum-Flockentorte 9
Kartoffeltorte 11
Schneeflockentorte 13
Kaiserin-Friedrich-Torte 15
Ostfriesentorte 17
Weintrauben-Schmand-Torte 19
Baileys-Baiser-Torte 21
Haferflockentorte 23
Friesentorte 25
Mozarttorte 27
Weintrauben-Wickeltorte 29
Französische Maronentorte 31
Kürbis-Apfel-Torte 33
Rotwein-Heidelbeer-Torte 35
Eierlikör-Mohn-Torte 37
Walnusstorte 39
Himbeertorte 41
Fürsten-Käse-Torte 43
Karamell-Flockentorte 45
Himmelstorte 47
Schweizer Kartoffeltorte 49
Holundertorte 51
Weincremetorte 53
Doppelkeks-Torte 55
Orangen-Möhren-Torte 57
Mokka-Sahne-Torte mit Whisky 59
Erdbeer-Wein-Torte 61
Flockentorte mit Amarenakirschen 63
Eierlikör-Pflaumen-Torte 65
Sekttorte 67
Großherzogin-Luise-Torte 69
Johannisbeer-Baiser-Torte 71
Heidelbeertorte mit Weincreme 73
Jägertorte 75
Buchweizentorte mit Brombeeren 77
Blitz-Mokkatorte 79
Apfel-Wein-Torte 81
Apfel-Eierlikör-Torte 83

Kuchen

Feiner Gugelhupf 85
Haselnussstriezel 87
Apfel-Haselnuss-Kuchen 89
Zimtkranz 91
Apfel-Mohn-Kuchen 93
Käsekuchen, gestürzt 95
Vanillekuchen 97
Preiselbeerkranz mit Walnusskernen 99
Umgedrehter Himbeerkuchen 101
Raffinierte Früchtchen 103
Stachelbeer-Grieß-Kuchen 105
Plunderkranz 107
Schokoladenkranz 109
Pflaumentarte mit Crème-fraîche-Guss 111
Puddingcreme-Kuchen 113
Pflaumen-Rosetten-Kuchen 115
Rotweinkuchen 117
Mohn-Schmand-Kuchen 119
Kirschkuchen mit Guss 121
Käsekuchen mit Schmand 123
Erdbeer-Kokos-Kranz 125
Heidesand-Gugelhupf 127
Obstkuchen, französisch 129
Gugelhupf mit Glühweinsirup 131
Französischer Zwetschenkuchen 133
Mohnkranz 135
Eisroulade 137
Apfelkuchen mit Biskuitguss 139

Kuchen vom Blech

Käsekuchen mit Rhabarber 141
Apfel-Schmand-Kuchen 143
Schmand-Kirsch-Kuchen 145
Beeren-Blechkuchen 147
Käsekuchen, einmal anders 149
Zwetschenkuchen Lübecker Art 151
Vanille-Kirsch-Kuchen 153
Birnen-Nuss-Kuchen 155

Alphabetisches Register

A

Apfel-Eierlikör-Torte ... 83
Apfel-Haselnuss-Kuchen ... 89
Apfelkuchen mit Biskuitguss ... 139
Apfel-Mohn-Kuchen ... 93
Apfel-Schmand-Kuchen ... 143
Apfel-Wein-Torte ... 81

B

Baileys-Baiser-Torte ... 21
Beeren-Blechkuchen ... 147
Birnen-Nuss-Kuchen ... 155
Blitz-Mokkatorte ... 79
Buchweizentorte mit Brombeeren ... 77

D

Doppelkeks-Torte ... 55

E

Eierlikör-Mohn-Torte ... 37
Eierlikör-Pflaumen-Torte ... 65
Eisroulade ... 137
Erdbeer-Kokos-Kranz ... 125
Erdbeer-Wein-Torte ... 61

F

Feiner Gugelhupf ... 85
Flockentorte mit Amarenakirschen ... 63
Französische Maronentorte ... 31
Französischer Zwetschenkuchen ... 133
Friesentorte ... 25
Früchtchen, Raffinierte ... 103
Fürsten-Käse-Torte ... 43

G

Großherzogin-Luise-Torte ... 69
Gugelhupf, Feiner ... 85
Gugelhupf mit Glühweinsirup ... 131

H

Haferflockentorte ... 23
Haselnussstriezel ... 87
Heidelbeertorte mit Weincreme ... 73
Heidesand-Gugelhupf ... 127
Himbeerkuchen, Umgedrehter ... 101
Himbeertorte ... 41
Himmelstorte ... 47
Holundertorte ... 51

J

Jägertorte ... 75
Johannisbeer-Baiser-Torte ... 71

K

Kaiserin-Friedrich-Torte ... 15
Karamell-Flockentorte ... 45
Kartoffeltorte ... 11
Kartoffeltorte, Schweizer ... 49
Käsekuchen mit Rhabarber ... 141
Käsekuchen mit Schmand ... 123
Käsekuchen, einmal anders ... 149
Käsekuchen, gestürzt ... 95
Kirschkuchen mit Guss ... 121
Kürbis-Apfel-Torte ... 33

L

Lagentorte mit Weincreme ... 7

M

Maronentorte, Französische ... 31
Mohnkranz ... 135
Mohn-Schmand-Kuchen ... 119
Mokka-Sahne-Torte mit Whisky ... 59
Mokkatorte, Blitz- ... 79
Mozarttorte ... 27

O

Obstkuchen, französisch ... 129
Orangen-Möhren-Torte ... 57
Ostfriesentorte ... 17

P

Pflaumen-Rosetten-Kuchen ... 115
Pflaumentarte mit Crème-fraîche-Guss ... 111
Plunderkranz ... 107
Preiselbeerkranz mit Walnusskernen ... 99
Puddingcreme-Kuchen ... 113

R

Raffinierte Früchtchen ... 103
Rotwein-Heidelbeer-Torte ... 35
Rotweinkuchen ... 117
Rum-Flockentorte ... 9

S

Schmand-Kirsch-Kuchen ... 145
Schneeflockentorte ... 13
Schokoladenkranz ... 109
Schweizer Kartoffeltorte ... 49
Sekttorte ... 67
Stachelbeer-Grieß-Kuchen ... 105

U

Umgedrehter Himbeerkuchen ... 101

V

Vanille-Kirsch-Kuchen ... 153
Vanillekuchen ... 97

W

Walnusstorte ... 39
Weincremetorte ... 53
Weintrauben-Schmand-Torte ... 19
Weintrauben-Wickeltorte ... 29

Z

Zimtkranz ... 91
Zwetschenkuchen, Französicher ... 133
Zwetschenkuchen Lübecker Art ... 151

Für Fragen, Vorschläge oder Anregungen steht Ihnen der Verbraucherservice der Dr. Oetker Versuchsküche Telefon: 00800 71727374 Mo. - Fr. 8:00 - 18:00 Uhr, Sa. 9:00 - 15:00 Uhr (gebührenfrei in Deutschland) oder die Mitarbeiter des Dr. Oetker Verlages Telefon: +49 (0) 521 520645 Mo. - Fr. 9:00 - 15:00 Uhr zur Verfügung.

Oder schreiben Sie uns:
Dr. Oetker Verlag KG, Am Bach 11, 33602 Bielefeld oder besuchen Sie uns im Internet unter www.oetker-verlag.de oder www.oetker.de.

Umwelthinweis Dieses Buch und der Einband wurden auf chlorfrei gebleichtem Papier gedruckt. Die Einschrumpffolie – zum Schutz vor Verschmutzung – ist aus umweltfreundlichem und recyclingfähigem PE-Material.

Ungekürzte Lizenzausgabe der RM Buch und Medien Vertrieb GmbH und der angeschlossenen Buchgemeinschaften

Redaktion Carola Reich, Annette Riesenberg

Titelfoto Thomas Diercks, Hamburg
Innenfotos Walter Cimbal, Hamburg (S. 88)
Ulrich Kopp, Sindelfingen (S. 28)
Kramp & Gölling, Hamburg (S. 16, 36, 52, 56, 64, 82, 92, 104, 112, 116)
Christiane Krüger, Hamburg (S. 4, 6–14, 20–26, 30–34, 38–40, 44–50, 54, 58, 62, 66, 68, 72–80, 84, 86, 90, 94, 96, 100, 102, 106, 110–114, 118–132, 136, 138, 142–154)
Bernd Lippert (S. 18, 98)
Brigitte Wegner, Bielefeld (S. 60, 70, 140)
Bernd Wohlgemuth, Hamburg (S. 108)

Rezeptentwicklung und -beratung Eike Upmeier-Lorenz, Hamburg

Nährwertberechnungen Nutri Service, Hennef

Grafisches Konzept kontur:design, Bielefeld
Gestaltung kontur:design, Bielefeld
Titelgestaltung kontur:design, Bielefeld

Reproduktionen Repro Ludwig, Zell am See, Österreich
Satz JUNFERMANN Druck & Service, Paderborn
Druck und Bindung Mohn media Mohndruck GmbH, Gütersloh

ISBN 978-3-7670-1008-6